COLLECTION
FOLIO BILINGUE

DU MÊME AUTEUR

Dans la collection Folio bilingue

ONE CHRISTMAS/UN NOËL — THE THANKSGIVING VISITOR/L'INVITÉ D'UN JOUR

Traduction d'Henri Robillot et Georges Magne, préface et notes d'Henri Robillot (n° 17)

BREAKFAST AT TIFFANY'S/PETIT DÉJEUNER CHEZ TIFFANY

Traduction et notes d'Henri Robillot, préface de Geneviève Brisac (n° 76)

Dans la collection Folio

DE SANG-FROID (n° 59)

MUSIQUE POUR CAMÉLÉONS (n° 2134)

PETIT DÉJEUNER CHEZ TIFFANY (n° 364)

CERCUEILS SUR MESURE (Folio 2 € n° 3621)

MONSIEUR MALÉFIQUE ET AUTRES NOUVELLES (Folio 2 € n° 4099)

Truman Capote

Music for Chameleons

Musique pour caméléons

Traduit de l'américain
par Henri Robillot
Préface de Juliette Cerf

Gallimard

LE CHANT DU CAMÉLÉON

Truman Capote après *De sang-froid*

Le la *est donné. Si la première nouvelle fournit son titre à* Musique pour caméléons (Music for Chameleons)*, la deuxième en fait vibrer la partition secrète. Sobrement intitulé « M. Jones », troussé en trois pages, ce petit texte raconte l'étrange histoire d'une disparition-réapparition. Personnage aveugle et paralytique reclus dans une pension de Brooklyn à qui rendent visite de mystérieux individus, « croisement entre le prêtre et le thérapeute », M. Jones quitte un beau jour les lieux sans laisser d'adresse. Dix ans plus tard, le narrateur, un ancien copensionnaire, le reconnaît dans un métro de Moscou, en pleine possession de sa vue et de ses jambes... Exemple percutant de cette énigmatique concision qui fait tout l'art de la nouvelle. Charles Baudelaire disait à propos d'Edgar Allan Poe que la nouvelle a sur le roman « cet immense avantage que sa brièveté ajoute à l'intensité de l'effet », à ce point qu'« une nouvelle trop courte [...] vaut encore mieux qu'une nouvelle trop longue ». Minimaliste, « M. Jones »... En mettant tout à la fois en scène une métamorphose, un déplacement et une* reconnaissance,

cette nouvelle contient en filigrane la trajectoire d'auteur de Truman Capote (1924-1984), sa nécessaire renaissance. Au moment où il publie en 1980 Musique pour caméléons, *son dernier livre, Capote est un écrivain terrassé. Paralytique et aveugle à sa façon... Il lui faut recouvrer la vision, se remettre en état de marche. Changer d'identité, tel M. Jones. Changer de couleur, tel un caméléon.*

Fébrile

L'homme, alors âgé de cinquante-six ans, est en proie à une fièvre tenace. Il s'épuise dans la drogue et l'alcool, enchaîne les cures de désintoxication. Signée par une plume inquiète, la préface autographe — qui ouvre le recueil d'où sont extraites les six nouvelles ici réunies — s'avère éloquente : « Ma vie — ma vie d'écrivain, du moins — pourrait être consignée avec la précision d'une feuille de température, avec ses hauts et ses bas, ses cycles parfaitement définis. » Cette image médicale en dit long sur les ressorts pathologiques de l'écriture. Jadis adulé, porté au pinacle, l'auteur de Petit déjeuner chez Tiffany[1] *(1958) traverse depuis le début des années 1970 une crise profonde. Du grand bal noir et blanc qu'il organise en 1966 à l'hôtel Plaza de New York, apogée de sa spectaculaire célébrité, le prince a été déchu : en 1978, le*

1. *Petit déjeuner chez Tiffany/Breakfast at Tiffany's,* Folio Bilingue n° 76.

New York Post *le représente en clochard entouré de seringues et de bouteilles vides doté d'un livre perfidement intitulé* Petit déjeuner chez les clodos.

« Chaos », « épreuve », « folie obscure », « autoflagellation », « pénombre de la maturité », « doutes », « dépression », « inquiétude », « crise de création », les expressions qui disent cet anéantissement résonnent comme autant de coups de fouet. Tout au long de la préface, les maux et les mots s'entrechoquent. Où sont passées la légèreté et l'insouciance qui caractérisaient Truman Capote ? Qu'est devenue la confiance en soi de cet ego précoce qui dès l'âge de huit ans jouait avec ses papiers et ses stylos quand d'autres « étudient le piano ou le violon » ? Qui à l'âge de dix-sept ans se considérait déjà comme un « écrivain accompli » ? Incarnée à l'écran par Audrey Hepburn (amie de l'écrivain) dans Diamants sur canapé *(1961) de Blake Edwards, la svelte silhouette de Holly Golightly, l'héroïne de* Petit déjeuner chez Tiffany *— celle qui littéralement marche d'un pas léger* (go lightly) *—, semble devenue une ombre accablante. Voyageuse sans attaches, Holly n'était la proie de personne; Truman est désormais rivé à son fouet, enchaîné à lui-même : « Quand Dieu vous gratifie d'un don, il vous gratifie aussi d'un fouet; et ce fouet est strictement réservé à l'autoflagellation. »*

Dans « Mojave », la quatrième nouvelle, une femme offre à son amant un cure-dent en or acheté chez Tiffany. Cette amusante relique textuelle, minuscule pépite exhumée sur le chemin de la lecture, affiche avec discrétion le désir de renouer avec une forme d'écriture heureuse,

fertile, légère. Si la préface se fait la chambre d'échos des affres vécues par l'auteur, elle est aussi le laboratoire d'une récréation auctoriale. Truman Capote à l'instar de Romain Gary doit inventer son double, son Émile Ajar, à même d'apprivoiser les monstres qui le hantent pour renouveler et enrichir son écriture : « Maintenant, quel qu'ait été mon tourment, je ne regrette pas d'avoir subi cette épreuve ; après tout, elle a modifié du tout au tout ma conception de l'écriture, mon attitude envers l'art et la vie et l'équilibre entre celui-ci et celle-là », confie cet homme sans descendance qui considérait ses œuvres comme ses enfants. Ce nouveau double revendique la paternité de Musique pour caméléons, *livre testamentaire, livre-creuset, promis à illustrer toutes les facettes de son talent, toutes les plumes de son masque, son côté « caméléon » précisément.*

Truman Capote, qui comprit avant tout le monde les pouvoirs démiurgiques des médias, fut à la fois enfant terrible des lettres américaines, journaliste, portraitiste, scénariste, acteur, agitateur mondain, inventeur d'un genre littéraire inédit, le non-fiction novel, *coqueluche de la jet-set, ami des plus grandes personnalités, confident de ces sublimes actrices qu'il appelait ses « cygnes », dandy homosexuel à la voix si haut perchée que « seules les chauves-souris pouvaient l'entendre », selon les mots de Tennessee Williams, le dédicataire de* Musique pour caméléons. *Cette multiplicité de visages, Capote-Protée l'a d'ailleurs admirée chez l'écrivain caméléon par excellence, Jean Cocteau, auquel notre auteur américain a consacré en 1959 un texte aux accents très personnels : « En effet Cocteau dérangeait le paysage. Il ne faisait*

que ça depuis l'âge de dix-sept ans ; depuis ses débuts d'opiomane prodige. Depuis quatre fois dix années au moins, ce gamin pour l'éternité menait tambour battant sa parade, en habits flamboyants dont il changeait sans cesse[1]. »

Palette de la nouvelle

Dès le seuil de Musique pour caméléons, *livre stratégique, protéiforme, Capote met son œuvre en perspective, l'organisant en cycles. Il revient sur son passé. À l'instar de la vieille dame « toquée » de la troisième nouvelle, « Une lampe à la fenêtre », qui congèle ses chats morts ? Peut-être. « Tous mes vieux amis. Ils reposent. Simplement, je ne pouvais pas supporter l'idée de les perdre.* Complètement *», y explique-t-elle au narrateur éberlué. Retrouver ce passé, ne pas le perdre* complètement, *consiste tout naturellement à se réapproprier la nouvelle, genre qui marque ses débuts littéraires.*

Truman Capote fait ses armes au New Yorker *où il entre en 1942 comme grouillot. Si ce célèbre journal refuse ses toutes premières nouvelles, cela ne l'empêche pas de se présenter plus tard, ses textes sous le bras, à l'accueil des rédactions de plusieurs revues de mode. En juin 1945,* Mademoiselle *publie « Miriam », qui narre la rencontre entre une vieille femme et une enfant-vampire. En*

1. « Jean Cocteau et André Gide », « Portraits », *Truman Capote,* « Biblos », Gallimard.

octobre de la même année, Harper's Bazaar *donne à lire « Un arbre de nuit », futur titre de son deuxième livre,* Un arbre de nuit et autres histoires[1], *publié en 1949 (et salué par Tennessee Williams), un an après son roman inaugural* Les Domaines hantés[2].

Dans Musique pour caméléons, *Capote souhaite nourrir ces brefs textes de toute son expérience, de « tout ce qu'il sait des autres formes d'écriture », c'est-à-dire y assimiler ce que lui « avaient appris scénarios, pièces, reportages, poésie, nouvelles, contes, romans ». L'image de la couleur inhérente à la figure du caméléon prend à ce stade sa pleine portée : l'écrivain veut « disposer de toutes ses couleurs, toutes ses aptitudes réunies sur la même palette pour pouvoir les doser (et dans certains cas opportuns, les appliquer simultanément) ». De cette subtile alchimie artistique, picturale, sont nées les nouvelles ici colligées, « Musique pour caméléons », « M. Jones », « Une lampe à la fenêtre », « Mojave », « Hospitalité » et « Éblouissement ».*

Ces six textes témoignent du goût capotien pour l'observation de la vie quotidienne, pour les contrastes géographiques, les écarts sociologiques ruraux et urbains. Du Connecticut d'« Une lampe à la fenêtre » (où il vit avec sa mère et son beau-père entre 1939 et 1942) à La Nouvelle-Orléans d'« Éblouissement » (la ville où il est né en 1924) en passant par l'Alabama d'« Hospitalité » (la région de son enfance rurale) ou la métropole new-

1. Collection l'Étrangère, 1996.
2. Collection L'Imaginaire n° 157.

yorkaise de « Mojave » (la cité élective), ces textes cartographient un vaste territoire américain, arpenté tout au long de sa vie par Capote. Musique pour caméléons *révèle encore son amour de la concision, du resserrement : « Je crois que la plupart des écrivains, même les meilleurs, "sur-écrivent". Je préfère, moi, "sous-écrire". Notion simple, claire comme un ruisseau campagnard. Mais je me rendais compte que mon écriture se faisait trop dense, que je consacrais trois pages à obtenir des effets que j'aurais pu atteindre en un seul paragraphe. » L'auteur juge ses livres passés à l'aune de cette nouvelle esthétique, allant même jusqu'à critiquer son chef-d'œuvre des années 60,* De sang-froid[1] *: « Il y avait trop de passages que je n'avais pas écrits aussi bien que je l'aurais pu, auxquels je n'avais pas donné le meilleur de moi-même. » Ainsi,* Cercueils sur mesure. Récit véridique non romancé d'un crime américain[2]*, roman ramassé sur quatre-vingts pages, qui constitue la deuxième partie de* Musique pour caméléons, *apparaît comme une variation mûrie et condensée sur* De sang-froid, *moins célèbre mais peut-être encore plus fulgurante que le best-seller porté à l'écran par Richard Brooks en 1967 — et dont la genèse complexe a fourni la matière de deux films récents :* Truman Capote *de Bennett Miller (2005) et* Scandaleusement célèbre *de Douglas McGrath (2007).*

1. Folio n° 59.
2. Folio 2 € n° 3621.

Un livre spectral

L'ombre de De sang-froid *plane sur le dernier livre de Truman Capote. Il pourrait en être le « miroir noir » (voir la nouvelle titre). Dans « Éblouissement », le fils de Mme Ferguson ne devient-il pas un tueur, auteur d'un « double meurtre à Houston » et « mort sur la chaise électrique à la prison d'État du Texas », sorte de cousin de papier de Perry Smith et Dick Hickock, les « vrais » tueurs de* De sang-froid *? Publié en 1966, modèle absolu du roman non-roman,* De sang-froid *constitue tout à la fois l'apogée et la chute de Truman Capote. Pivot de sa carrière littéraire, véritable phénomène éditorial des* sixties, *il cristallise en même temps sa grandeur et sa décadence. « Ce livre m'a arraché la moelle des os. Il a failli me tuer. En un sens, je pense qu'il* m'a *tué. Avant de le commencer, j'étais quelqu'un de relativement stable. Après, il m'était arrivé quelque chose. Je ne parviens simplement pas à oublier. En particulier les pendaisons, à la fin. Horrible ! » Ce livre en forme de guillotine l'a épuisé. Brûlé, défiguré, Capote doit renaître de ses cendres, se recomposer un visage. À en croire la mythologie de ces années* De sang-froid, *« terriblement éprouvantes pour les nerfs » — « Ce furent de longs étés et des hivers glacés », écrit-il encore dans la préface de* Musique pour caméléons —, *Truman Capote n'aurait d'ailleurs plus rien écrit après, comme le suggère la fin du film de Bennett Miller.*

Musique pour caméléons *dément cette légende du tarissement de l'écriture. Ce dernier ouvrage cherche à tresser des liens avec la quintessence de* De sang-froid.

Ainsi, l'attention portée à l'autre, qui se révèle à travers le motif récurrent de l'hospitalité, traverse tout le recueil. De l'hospitalité à l'échange d'identités, il n'y a toujours qu'un pas. Cette nécessaire sortie de soi, l'un des motifs de l'invention d'Ajar par Gary, fut la raison profonde de la création du non-fiction novel, *tour à tour traduit par roman non-roman, roman-document, roman non fictionnel, non-fiction, journalisme narratif, roman journalistique. Capote projetait ainsi de donner naissance à « un livre qui se lirait exactement comme un roman mais où chaque mot exprimerait la pure vérité » et qui transformerait l'essai des* Muses parlent[1] *(1956), enquête sur la tournée en Russie d'une troupe de Noirs américains jouant* Porgy and Bess, *l'opéra de Gershwin.*

« Je voulais créer un roman journalistique, un texte sur une vaste échelle qui allierait la crédibilité des faits, l'immédiateté du film, la profondeur et la liberté de la prose et la précision de la poésie », raconte Capote dans Musique pour caméléons. *Cette envie de faire du journalisme, « terrain presque vierge », « dernier grand domaine littéraire inexploré », l'avant-garde de l'art, la troisième partie de* Musique pour caméléons, *composée de portraits et de conversations, l'illustre à merveille. Prisonnier de ses obsessions, avide d'étendre sa palette, Capote a eu besoin de se réinventer en s'efforçant d'« exister dans la vie et l'imagination d'autres personnes ». C'est ce qu'a très bien vu J.M.G. Le Clézio dans un texte paru en 1966 dans le premier numéro du* Magazine littéraire

1. Collection L'Imaginaire n° 469.

au moment de la publication de De sang-froid. *L'auteur y analyse avec finesse les symptômes de cet événement en passe de reconfigurer l'histoire littéraire : « Truman Capote a fait plus qu'un historien, parce qu'il a vécu cette histoire; plus qu'un ethnologue, car il a partagé l'aventure de ces hommes; plus qu'un policier, car il a cherché l'amitié des assassins. » Quelques lignes plus haut : « Par tous les moyens, l'écrivain d'aujourd'hui cherche à échapper à l'enfer qu'il est pour lui-même. [...] C'est donc l'issue d'un siècle d'individualisme, d'égocentrisme, d'impuissance sociale qu'il faut trouver à tout prix, si l'on ne veut pas périr dévoré par sa propre image. [...] Il lui faut un prétexte, un alibi presque, pour oser écrire un livre, qui parle des hommes et non plus d'un inconnu qui lui ressemble. Il a besoin de se justifier pour écrire un livre où soient présents tous les éléments de la vie sociale, les passions, l'argent, le crime, l'amour, la politique, la mort*[1]. »

La mort est omniprésente dans Musique pour caméléons, *fille de* De sang-froid. *Lorsque l'individu Capote devint l'ami des tueurs, l'écrivain qui aimait commencer ses livres par le dernier chapitre (« il est toujours bon de savoir où l'on va... ») avait besoin qu'ils meurent pour pouvoir achever son livre. De ces années oppressantes, contradictoires, intenables pour cette raison même, Truman Capote a gardé un sens aigu de la tragédie de la mort qui, par un effet de retour, a paradoxalement renforcé l'authenticité de sa frivolité : « J'en suis venu à*

1. « Une révolution de la conscience », *Truman Capote, une icône américaine, Le Magazine littéraire,* n° 460, janvier 2007.

comprendre que la mort est le facteur essentiel de la vie. [...] L'expérience a servi à rehausser le sentiment que j'ai du tragique de la vie, sentiment que j'ai toujours eu et qui explique ce qui en moi se manifeste sous l'aspect d'une extrême frivolité ; cette part de moi-même se tient toujours dans un obscur corridor, où elle moque la mort et la tragédie. C'est pourquoi j'aime le champagne et descends au Ritz », explique-t-il à un journaliste de Playboy *en 1968. Ce climat indécidable entre le futile et le grave, l'anecdote minuscule et l'événement funèbre, donne leurs couleurs aux six nouvelles.*

Publié en 1980, quatre ans avant la disparition de Capote, Musique pour caméléons *est pris en étau entre deux livres à la stature imposante, fantomatique :* De sang-froid, *en amont, qu'il n'avait d'abord pas l'intention d'écrire mais qu'il écrivit ;* Prières exaucées, *en aval, qu'il avait la ferme intention d'écrire mais qu'il n'écrivit pas — « Mojave », la quatrième nouvelle, fut au départ conçue comme le deuxième chapitre de* Prières exaucées. *Du premier, Capote a dit que s'il avait su ce qui l'attendait en arrivant sur les lieux du crime, il ne se serait jamais arrêté mais aurait continué sa route « comme une chauve-souris fuyant l'enfer ». Du second, il affirma : « Si Proust était américain et vivait actuellement à New York, voilà ce qu'il écrirait. » Un trépas symbolique changé en livre, d'un côté ; un chef-d'œuvre programmatique resté lettre morte, de l'autre. Libérant toute l'étendue et la vivacité de sa gamme littéraire,* Musique pour caméléons *tient dans cet intervalle et renoue, à l'orée de*

la mort, avec la période, centrale, de l'enfance. Plantée à La Nouvelle-Orléans, sa ville natale, « Éblouissement », l'ultime nouvelle, révèle le secret d'un petit garçon de huit ans qui souhaite devenir une fille. La dernière métamorphose de Truman Capote.

JULIETTE CERF

Music for Chameleons

Musique pour caméléons

Music for Chameleons

Musique pour caméléons

She is tall and slender, perhaps seventy, silver-haired, soigné, neither black nor white, a pale golden rum colour. She is a Martinique aristocrat who lives in Fort de France but also has an apartment in Paris. We are sitting on the terrace of her house, an airy, elegant house that looks as if it was made of wooden lace: it reminds me of certain old New Orleans houses. We are drinking iced mint tea slightly flavoured with absinthe.

Three green chameleons race one another across the terrace; one pauses at Madame's feet, flicking its forked tongue, and she comments: "Chameleons. Such exceptional creatures. The way they change colour. Red. Yellow. Lime. Pink. Lavender. And did you know they are very fond of music?" She regards me with her fine black eyes. "You don't believe me?"

Elle est grande et mince, soixante-dix ans peut-être, les cheveux argentés, soignée, ni noire ni blanche, couleur de rhum doré pâle. C'est une aristocrate de la Martinique qui vit à Fort-de-France mais qui possède aussi un appartement à Paris. Nous sommes assis sur la galerie de sa maison, une maison aérée, élégante, qui semble faite de dentelle de bois : elle me rappelle certaines vieilles maisons de La Nouvelle-Orléans. Nous buvons du thé à la menthe glacé, légèrement parfumé d'absinthe.

Trois caméléons verts se courent l'un après l'autre sur la galerie ; l'un d'eux s'arrête aux pieds de Madame, darde sa langue fourchue et elle commente : « Les caméléons. Des créatures vraiment exceptionnelles. Leur façon de changer de couleur. Rouge. Jaune. Citron. Rose. Lavande. Et saviez-vous qu'ils adorent la musique ? » Elle me dévisage de ses beaux yeux noirs. « Vous ne me croyez pas ? »

During the course of the afternoon she had told me many curious things. How at night her garden was filled with mammoth night-flying moths. That her chauffeur, a dignified figure who had driven me to her house in a dark green Mercedes, was a wife-poisoner who had escaped from Devil's Island. And she had described a village high in the northern mountains that is entirely inhabited by albinos: "Little pink-eyed people white as chalk. Occasionally one sees a few on the streets of Fort de France."

"Yes, of course I believe you."

She tilts her silver head. "No, you don't. But I shall prove it."

So saying, she drifts into her cool Caribbean salon, a shadowy room with gradually turning ceiling fans, and poses herself at a well-tuned piano. I am still sitting on the terrace, but I can observe her, this chic, elderly woman, the product of varied bloods. She begins to perform a Mozart sonata.

Eventually the chameleons accumulated: a dozen, a dozen more, most of them green, some scarlet, lavender. They skittered across the terrace and scampered into the salon, a sensitive, absorbed audience for the music played. And then not played, for suddenly my hostess stood and stamped her foot, and the chameleons scattered like sparks from an exploding star.

Dans le courant de l'après-midi, elle m'a raconté bien des histoires curieuses. Comment la nuit son jardin se remplit de phalènes géants. Que son chauffeur, un personnage solennel qui m'a conduit à la maison dans une Mercedes vert sombre, condamné pour avoir empoisonné sa femme, est un évadé de l'île du Diable. Et elle m'a décrit un village haut perché dans les montagnes au nord, entièrement peuplé d'albinos : « Des petits bonshommes aux yeux roses, et blancs comme de la craie. De temps en temps, on en voit un dans les rues de Fort-de-France.

— Mais si, bien sûr, je vous crois. »

Elle hoche sa tête argentée : « Non, vous ne me croyez pas, mais je vous le prouverai. »

Ce disant, elle glisse dans son frais salon antillais, une pièce ombreuse avec, au plafond, des ventilateurs pivotants, et s'assied devant un piano très bien accordé. Je suis toujours assis sur la galerie, mais je peux l'observer, cette femme âgée, très chic, produit de sangs variés. Elle se met à jouer une sonate de Mozart.

Après quelque temps, les caméléons s'accumulèrent. Une douzaine, puis une autre douzaine, verts pour la plupart, certains pourpres ou lavande. Ils filèrent à travers la galerie pour se précipiter dans le salon, public attentif et sensible où la musique jouait. Puis cessa de jouer car, soudain, mon hôtesse se leva, frappa du pied et les caméléons s'éparpillèrent comme les fragments d'une étoile éclatée.

Now she regards me. "*Et maintenant? C'est vrai?*"

"Indeed. But it seems so strange."

She smiles. "*Alors.* The whole island floats in strangeness. This very house is haunted. Many ghosts dwell here. And not in darkness. Some appear in the bright light of noon, saucy as you please. Impertinent."

"That's common in Haiti, too. The ghosts there often stroll about in daylight. I once saw a horde of ghosts working in a field near Petionville. They were picking bugs off coffee plants."

She accepts this as fact, and continues: "*Oui. Oui.* The Haitians work their dead. They are well known for that. Ours we leave to their sorrows. And their frolics. So coarse, the Haitians. So Creole. And one can't bathe there, the sharks are so intimidating. And their mosquitoes: the size, the audacity! Here in Martinique we have no mosquitoes. None."

"I've noticed that; I wondered about it."

"So do we. Martinique is the only island in the Caribbean not cursed with mosquitoes, and no one can explain it."

Sur quoi, elle me considère : « *Et maintenant ? C'est vrai**[1] ?

— En effet. Mais cela paraît si étrange. »

Elle sourit : « *Alors**. L'île entière baigne dans l'étrangeté. Cette maison même est hantée. De nombreux esprits habitent ici. Et pas dans l'obscurité. Certains se montrent à la pleine lumière de midi, effrontés comme ce n'est pas permis. Impertinents.

— C'est très courant à Haïti également. Les esprits là-bas se promènent en plein jour. J'en ai vu un jour toute une troupe travaillant dans un champ près de Petionville. Ils débarrassaient de leurs parasites les plants de café. »

Elle accepte cette déclaration comme une évidence et continue : « *Oui, oui**. Les Haïtiens exploitent leurs morts. Ils sont bien connus pour ça. Nous laissons les nôtres à leurs regrets. Et à leurs pitreries. Si rustres, les Haïtiens, si créoles. Et impossible de se baigner là-bas ; les requins sont si impressionnants. Et leurs moustiques ; quelle taille, et cette audace ! Ici, à la Martinique, nous n'avons pas de moustiques. Pas un seul.

— J'ai remarqué ça ; et je me suis demandé pourquoi.

— Nous aussi. La Martinique est la seule île des Antilles qui ne soit pas infestée de moustiques et personne ne peut expliquer pourquoi.

1. Les mots ou expressions en italique et suivis d'un astérisque sont en français dans le texte.

"Perhaps the night-flying moths devour them all."

She laughs. "Or the ghosts."

"No. I think ghosts would prefer moths."

"Yes, moths are perhaps more ghostly fodder. If I was a hungry ghost, I'd rather eat anything than mosquitoes. Will you have more ice in your glass? Absinthe?"

"Absinthe. That's something we can't get at home. Not even in New Orleans."

"My paternal grandmother was from New Orleans."

"Mine, too."

As she pours absinthe from a dazzling emerald decanter: "Then perhaps we are related. Her maiden name was Dufont. Alouette Dufont."

"Alouette? Really? Very pretty. I'm aware of two Dufont families in New Orleans, but I'm not related to either of them."

"Pity. It would have been amusing to call you cousin. *Alors.* Claudine Paulot tells me this is your first visit to Martinique."

"Claudine Paulot?"

"Claudine and Jacques Paulot. You met them at the Governor's dinner the other night."

— Peut-être sont-ils tous dévorés par les phalènes. »

Elle rit : « Ou par les esprits.

— Non. Je crois que les esprits préfèrent les petits papillons de nuit.

— Oui. C'est peut-être plus indiqué comme nourriture pour les esprits. Si j'étais un esprit affamé, je mangerais n'importe quoi, sauf des moustiques. Voulez-vous un peu plus de glace dans votre verre ? Ou d'absinthe ?

— L'absinthe. Voilà une chose introuvable chez nous. Même à La Nouvelle-Orléans.

— Ma grand-mère paternelle était de La Nouvelle-Orléans.

— La mienne aussi. »

Tandis qu'elle verse l'absinthe d'un étincelant carafon émeraude : « Alors, nous sommes peut-être parents. Son nom de jeune fille était Dufont. Alouette Dufont.

— Alouette ? Vraiment ? C'est très joli. Il me semble que je connais deux familles Dufont à La Nouvelle-Orléans, mais je ne suis apparenté ni à l'une ni à l'autre.

— Dommage. Ç'aurait été amusant de vous appeler cousin. *Alors**, Claudine Paulot me dit que c'est votre première visite à la Martinique.

— Claudine Paulot ?

— Claudine et Jacques Paulot, vous les avez rencontrés au dîner du gouverneur, l'autre soir. »

I remember: he was a tall, handsome man, the First President of the Court of Appeals for Martinique and French Guiana, which includes Devil's Island. "The Paulots. Yes. They have eight children. He very much favours capital punishment."

"Since you seem to be a traveller, why have you not visited here sooner?"

"Martinique? Well, I felt a certain reluctance. A good friend was murdered here."

Madame's lovely eyes are a fraction less friendly than before. She makes a slow pronouncement: "Murder is a rare occurrence here. We are not a violent people. Serious, but not violent."

"Serious. Yes. The people in restaurants, on the streets, even on the beaches have such severe expressions. They seem so preoccupied. Like Russians."

"One must keep in mind that slavery did not end here until 1848."

I fail to make the connection, but do not enquire, for already she is saying: "Moreover, Martinique is *très cher.* A bar of soap bought in Paris for five francs costs twice that here. The price of everything is double what it should be because everything has to be imported. If these troublemakers got their way, and Martinique became independent of France, then that would be the close of it. Martinique could not exist without subsidy from France.

Je me souviens : c'est un bel homme de haute taille, le premier président de la cour d'appel pour la Martinique et la Guyane française, qui comprend l'île du Diable. « Les Paulot, oui. Ils ont huit enfants. Il est très partisan de la peine de mort.

— Puisque vous semblez être un voyageur, pourquoi n'êtes-vous pas venu ici plus tôt ?

— À la Martinique ? Eh bien, j'étais assez réticent. Un de mes bons amis a été assassiné ici. »

Les beaux yeux de Madame sont un soupçon moins amicaux qu'auparavant. D'une voix lente, elle déclare : « L'assassinat est une chose très rare, ici. Nous ne sommes pas un peuple violent. Sérieux, mais pas violent.

— Sérieux, oui. Les gens au restaurant, dans les rues, même sur les plages ont des expressions si austères. Ils semblent si préoccupés. Comme les Russes.

— Il ne faut pas oublier que l'esclavage n'a été aboli, ici, qu'en 1848. »

Le rapport m'échappe, mais je ne pose pas de question car, déjà, elle enchaîne : « De plus, la Martinique est *très chère**. Un pain de savon qu'on paie cinq francs à Paris vaut deux fois plus ici. Le prix de tout est le double de ce qu'il devrait être parce que tout doit être importé. Si ces agitateurs parvenaient à leurs fins et si la Martinique devenait indépendante de la France, plus rien n'arriverait. La Martinique ne pourrait pas exister sans l'aide de la France.

We would simply perish. *Alors,* some of us have serious expressions. Generally speaking, though, do you find the population attractive?"

"The women. I've seen some amazingly beautiful women. Supple, suave, such beautifully haughty postures; bone structure as fine as cats. Also, they have a certain alluring aggressiveness."

"That's the Senagalese blood. We have much Senagalese here. But the men — you do not find them so appealing?"

"No."

"I agree. The men are not appealing. Compared to our women, they seem irrelevant, without character: *vin ordinaire.* Martinique, you understand, is a matriarchal society. When that is the case, as it is in India, for example, then the men never amount to much. I see you are looking at my black mirror."

I am. My eyes distractedly consult it — are drawn to it against my will, as they sometimes are by the senseless flickerings of an unregulated television set. It has that kind of frivolous power. Therefore, I shall overly describe it — in the manner of those "avant-garde" French novelists who, having chosen to discard narrative, character,

Nous serions condamnés à périr, simplement. *Alors**, certains d'entre nous ont le visage grave. Mais d'une façon générale, à part ça, trouvez-vous les habitants séduisants ?

— Les femmes. J'en ai vu quelques-unes d'une beauté étonnante. Souples, suaves, avec des attitudes merveilleusement altières, une ossature aussi fine que celle des chats. Et puis elles ont une certaine agressivité assez fascinante.

— C'est le sang sénégalais. Nous avons beaucoup de Sénégalais, ici. Mais les hommes — vous ne les trouvez pas si attirants ?

— Non.

— Je suis de votre avis. Les hommes ne sont pas attirants. Comparés à nos femmes, ils semblent inconsistants, sans caractère : *vin ordinaire**. La Martinique, voyez-vous, est une société matriarcale. Quand tel est le cas, comme en Inde, par exemple, les hommes n'émergent guère. Je vois que vous regardez mon miroir noir. »

C'est vrai. Mes yeux le consultent avec inquiétude — sont attirés par lui contre ma volonté comme ils peuvent l'être quelquefois par ces palpitations absurdes sur l'écran d'une télévision mal réglée. Il possède ce genre de pouvoir frivole. Par conséquent, je le décrirai avec prolixité — à la façon de ces romanciers français d'« avant-garde » qui, ayant choisi de bannir le récit, les personnages,

and structure, restrict themselves to page-length paragraphs detailing the contours of a single object, the mechanics of an isolated movement: a wall, a white wall with a fly meandering across it. So: the object in Madame's drawing-room is a black mirror. It is seven inches tall and six inches wide. It is framed within a worn black leather case that is shaped like a book. Indeed, the case is lying open on a table, just as though it were a de luxe edition meant to be picked up and browsed through, but there is nothing there to be read or seen except the mystery of one's own image projected by the black mirror's surface before it recedes into its endless depths, its corridors of darkness.

"It belonged," she is explaining, "to Gauguin. You know, of course, that he lived and painted here before he settled among the Polynesians. That was his black mirror. They were a quite common artifact among artists of the last century. Van Gogh used one. As did Renoir."

"I don't quite understand. What did they use them for?"

"To refresh their vision. Renew their reaction to colour, the tonal variations. After a spell of work, their eyes fatigued, they rested themselves by gazing into these dark mirrors. Just as gourmets at a banquet, between elaborate courses, reawaken their palates with *un sorbet de citron.*"

la structure se bornent à aligner des paragraphes longs d'une page détaillant les contours d'un simple objet, le mécanisme d'un mouvement isolé : un mur, un mur blanc avec une mouche qui se promène dessus. Donc : l'objet dans le salon de Madame est un miroir noir. Il a dix-huit centimètres de haut sur quinze de large. Il s'encastre dans un boîtier de cuir noir usé en forme de livre. En fait, ce boîtier est posé ouvert sur une table, comme s'il s'agissait d'une édition de luxe faite pour être ramassée et feuilletée ; mais il n'y a là rien à lire ni à voir — excepté le mystère de notre propre image projetée par la surface du miroir noir avant qu'elle s'enfouisse dans ses profondeurs insondables, ses corridors d'obscurité.

« Il appartenait, explique-t-elle, à Gauguin. Vous savez naturellement qu'il a vécu et peint ici avant d'aller s'installer au milieu des Polynésiens. Ce miroir noir était à lui. C'était un objet assez répandu parmi les artistes du siècle dernier. Van Gogh en avait un. Renoir aussi.

— Je ne comprends pas très bien. À quoi cela leur servait-il ?

— À rafraîchir leur vision. Renouveler leur réaction à la couleur, les variations tonales. Après une longue période de travail, les yeux fatigués, ils se reposaient en regardant ces miroirs sombres. Comme des gourmets, lors d'un banquet, entre des plats compliqués se réveillent le palais avec *un sorbet de citron**. »

She lifts the small volume containing the mirror off the table and passes it to me. "I often use it when my eyes have been stricken by too much sun. It's soothing."

Soothing, and also disquieting. The blackness, the longer one gazes into it, ceases to be black, but becomes a queer silver-blue, the threshold to secret visions; like Alice, I feel on the edge of a voyage through a looking-glass, one I'm hesitant to take.

From a distance I hear her voice — smoky, serene, cultivated: "And so you had a friend who was murdered here?"

"Yes."

"An American?"

"Yes. He was a very gifted man. A musician. A composer."

"Oh, I remember — the man who wrote operas! Jewish. He had a moustache."

"His name was Marc Blitzstein."

"But that was long ago. At least fifteen years. Or more. I understand you are staying at the new hotel. La Bataille. How do you find it?"

"Very pleasant. In a bit of a turmoil because they are in the process of opening a casino. The man in charge of the casino is called Shelley Keats. I thought it was a joke at first, but that really happens to be his name."

"Marcel Proust works at Le Foulard, that fine little sea-food restaurant in Schoelcher,

Elle soulève de la table le petit volume contenant le miroir et me le tend. « Je m'en sers souvent quand mes yeux ont été fatigués par trop de soleil. C'est reposant. »

Reposant et aussi inquiétant. Le noir, plus on le fixe longtemps, cesse d'être noir pour devenir d'un étrange bleu argenté, ouvrant sur des visions secrètes : comme Alice, je me sens au seuil d'un voyage à travers le miroir, voyage que j'hésite à entreprendre.

De loin, j'entends sa voix — brumeuse, sereine, cultivée : « Alors un de vos amis a été assassiné ici ?

— Oui.

— Un Américain ?

— Oui. C'était un homme très doué. Un musicien. Un compositeur.

— Oh, je me souviens — l'homme qui écrivait des opéras ! Juif. Il avait une moustache.

— Il s'appelait Marc Blitzstein.

— Mais c'était il y a longtemps. Au moins quinze ans. Ou plus. Si je ne me trompe, vous êtes descendu au nouvel hôtel. La Bataille. Comment le trouvez-vous ?

— Très agréable. Un peu sens dessus dessous parce qu'ils préparent l'ouverture d'un casino. L'homme chargé de ce casino s'appelle Shelley Keats. J'ai d'abord cru que c'était une plaisanterie mais il se trouve que c'est son vrai nom.

— Marcel Proust travaille au Foulard, ce joli petit restaurant de fruits de mer à Schoelcher,

the fishing village. Marcel is a waiter. Have you been disappointed in our restaurants?"

"Yes and no. They're better than anywhere else in the Caribbean, but too expensive."

"*Alors.* As I remarked, everything is imported. We don't even grow our own vegetables. The natives are too lackadaisical." A humming-bird penetrates the terrace and casually balances on the air. "But our sea-fare is exceptional."

"Yes and no. I've never seen such enormous lobsters. Absolute whales; prehistoric creatures. I ordered one, but it was tasteless as chalk, and so tough to chew that I lost a filling. Like California fruit: splendid to look at, but without flavour."

She smiles, not happily: "Well, I apologise" — and I regret my criticism, and realise I'm not being very gracious.

"I had lunch at your hotel last week. On the terrace overlooking the pool. I was shocked."

"How so?"

"By the bathers. The foreign ladies gathered around the pool wearing nothing above and very little below. Do they permit that in your country? Virtually naked women parading themselves?"

"Not in so public a place as a hotel pool."

le village de pêcheurs. Marcel est serveur. Avez-vous été déçu par nos restaurants ?

— Oui et non. Ils sont meilleurs que partout ailleurs dans les Antilles, mais trop chers.

— *Alors**, comme je vous l'ai fait remarquer, tout est importé. Nous ne faisons même pas pousser nos propres légumes. Les indigènes sont trop indolents. » Un colibri surgit sur la terrasse et flotte en l'air nonchalamment. « Mais nos produits de la mer sont exceptionnels.

— Oui et non. Je n'ai jamais vu d'aussi gros homards. De véritables baleines ; des animaux préhistoriques. J'en ai commandé un mais il était sans goût, crayeux et si dur à mâcher que j'en ai perdu un plombage. Comme les fruits de Californie : superbes à voir mais privés de saveur. »

Elle sourit sans gaieté. « Eh bien, je vous fais mes excuses » — et je regrette mes critiques, comprenant que je ne suis pas très aimable.

« J'ai déjeuné à votre hôtel, la semaine dernière. Sur la terrasse, près de la piscine. J'ai été choquée.

— Comment ça ?

— Par les gens qui se baignaient. Les dames étrangères autour de la piscine qui ne portent rien au-dessus et très peu au-dessous. C'est une chose permise dans votre pays ? Des femmes qui s'exhibent pratiquement nues ?

— Pas dans un lieu aussi public qu'une piscine d'hôtel.

"Exactly. And I don't think it should be condoned here. But of course we can't afford to annoy the tourists. Have you bothered with any of our tourist attractions?"

"We went yesterday to see the house where Empress Josephine was born."

"I never advise anyone to visit there. That old man, the curator, what a chatterbox! And I can't say which is worse — his French or his English or his German. Such a bore. As though the journey getting there weren't tiring enough."

Our humming-bird departs. Far off we hear steel-drum bands, tambourines, drunken choirs (*"Ce soir, ce soir nous danserons sans chemise, sans pantalons":* Tonight, tonight we dance without shirts, without pants), sounds reminding us that it is Carnival week in Martinique.

"Usually," she announces, "I leave the island during Carnival. It's impossible. The racket, the stench."

When planning for this Martinique experience, which included travelling with three companions, I had not known our visit would coincide with Carnival; as a New Orleans native, I've had my fill of such affairs. However, the Martinique variation proved surprisingly vital, spontaneous and vivid as a bomb explosion in a fireworks factory.

— Exactement. Et je ne crois pas que ça devrait être pardonné ici. Mais, bien entendu, nous ne pouvons pas nous permettre d'indisposer les touristes. Avez-vous pris le temps de voir certaines de nos curiosités touristiques ?

— Nous sommes allés, hier, voir la maison natale de l'impératrice Joséphine.

— Je ne conseille jamais cette visite à personne. Ce vieil homme, le conservateur, quel moulin à paroles ! Et je ne sais pas ce qui est le pire, chez lui — son français, son anglais ou son allemand. Quel raseur ! Comme si le voyage pour aller là-bas n'était pas déjà assez fatigant. »

Notre colibri s'en va. Dans le lointain, nous entendons des tambours de métal, des tambourins, des chœurs avinés (« *Ce soir, nous danserons sans chemise, sans pantalon** »), des sons qui nous rappellent que c'est la semaine du carnaval à la Martinique.

« D'habitude, annonce-t-elle, je quitte l'île pendant le carnaval. C'est impossible. Ce vacarme, cette puanteur. »

Quand je projetais cette expérience martiniquaise, qui prévoyait le voyage avec trois compagnons, je ne savais pas que notre séjour coïnciderait avec le carnaval ; originaire de La Nouvelle-Orléans, j'ai eu ma ration de ce genre de réjouissances. Cependant, la variété martiniquaise se révélait d'une étonnante vitalité, spontanée et pétillante comme l'explosion d'une bombe dans une fabrique de feux d'artifice.

"We're enjoying it, my friends and I. Last night there was one marvellous marching group: fifty men carrying black umbrellas and wearing silk top-hats and with their torsos painted with phosphorescent skeleton bones. I love the old ladies with gold-tinsel wigs and sequins pasted all over their faces. And all those men wearing their wives' white wedding gowns! And the millions of children holding candles, glowing like fireflies. Actually, we did have one near-disaster. We borrowed a car from the hotel, and just as we arrived in Fort de France, and were creeping through the midst of the crowds, one of our tyres blew out, and immediately we were surrounded by red devils with pitchforks —"

Madame is amused: "*Oui. Oui.* The little boys who dress as red devils. That goes back centuries."

"Yes, but they were dancing all over the car. Doing terrific damage. The roof was a positive samba floor. But we couldn't abandon it, for fear they'd wreck it altogether. So the calmest of my friends, Bob MacBride, volunteered to change the tyre then and there. The problem was that he had on a new white linen suit and didn't want to ruin it."

"Therefore, he disrobed. Very sensible."

« Nous, ça nous amuse bien, mes amis et moi. Hier soir, il y avait un merveilleux défilé. Cinquante hommes portant des parapluies noirs, en chapeau haut de forme et le torse décoré d'os de squelette à la peinture phosphorescente. J'aime beaucoup les vieilles dames avec leurs perruques semées de fils d'or, la figure constellée de paillettes. Et tous ces hommes qui, eux, portent les robes de mariée de leur femme ! Et les millions d'enfants tenant des bougies qui brillent comme des lucioles. En fait, nous avons frôlé le désastre. Nous avions emprunté une voiture à l'hôtel et, à peine arrivés à Fort-de-France, quand nous roulions au pas au milieu de la foule, un de nos pneus a éclaté et, aussitôt, nous avons été environnés de diables rouges avec des fourches... »

Madame est amusée : « *Oui, oui**, les petits garçons qui s'habillent en diables rouges. Cela remonte à des siècles.

— Oui, mais ils dansaient tous sur la voiture. En causant des dégâts épouvantables. Le toit était devenu une vraie piste de samba. Et nous ne pouvions pas l'abandonner, nous avions peur qu'ils la mettent en miettes. Alors le plus calme de mes amis, Bob MacBride, s'est porté volontaire pour changer la roue séance tenante. Le problème, c'était qu'il avait un complet de lin blanc tout neuf et ne voulait pas l'abîmer.

— Donc, il s'est déshabillé. Très logique.

"At least it was funny. To watch MacBride, who's quite a solemn sort of fellow, stripped to his briefs and trying to change a tyre with Mardi Gras madness swirling around him and red devils jabbing at him with pitchforks. Paper pitchforks, luckily."

"But Mr MacBride succeeded."

"If he hadn't, I doubt that I'd be here abusing your hospitality."

"Nothing would have happened. We are not a violent people."

"Please. I'm not suggesting we were in any danger. It was just — well, part of the fun."

"Absinthe? *Un peu?*"

"A mite. Thank you."

The humming-bird returns.

"Your friend, the composer?"

"Marc Blitzstein."

"I've been thinking. He came here once to dinner. Madame Derain brought him. And Lord Snowdon was here that evening. With his uncle, the Englishman who built all those houses on Mustique —"

"Oliver Messel."

"*Oui. Oui.* It was while my husband was still alive. My husband had a fine ear for music. He asked your friend to play the piano. He played some German songs." She is standing now, moving to and fro,

— En tout cas, c'était drôle. Voir MacBride, un type du genre plutôt solennel, en caleçon et essayant de changer une roue avec le tourbillon démentiel du Mardi gras autour de lui et les démons rouges qui le harcelaient avec leurs fourches. Des fourches en papier, heureusement.

— Mais M. MacBride y est arrivé.

— Dans le cas contraire, je crois que je ne serais pas là en train d'abuser de votre hospitalité.

— Il ne serait rien arrivé, nous ne sommes pas un peuple violent.

— Je vous en prie. Je ne suggère pas que nous courions le moindre danger. Cela faisait partie du côté amusant de l'histoire.

— Absinthe ? *Un peu** ?

— Une goutte, merci. »

Le colibri revient.

« Votre ami le compositeur ?

— Marc Blitzstein.

— J'ai réfléchi. Il est venu dîner ici une fois. Mme Derain l'avait amené. Et Lord Snowdon était là ce soir-là. Avec son oncle, l'Anglais qui a bâti toutes ces maisons sur l'île Moustique...

— Oliver Messel.

— *Oui, oui**. Mon mari était encore vivant, à l'époque. Mon mari avait l'oreille très musicienne. Il a demandé à votre ami de jouer du piano. Il a joué des lieder allemands. » Maintenant debout, elle se met à aller et venir,

and I am aware of how exquisite her figure is, how ethereal it seems silhouetted inside a frail green lace Parisian dress. "I remember that, yet I can't recall how he died. Who killed him?"

All the while the black mirror has been lying in my lap, and once more my eyes seek its depths. Strange where our passions carry us, floggingly pursue us, forcing upon us unwanted dreams, unwelcome destinies.

"Two sailors."

"From here? Martinique?"

"No. Two Portuguese sailors off a ship that was in harbour. He met them in a bar. He was here working on an opera, and he'd rented a house. He took them home with him —"

"I *do* remember. They robbed him and beat him to death. It was dreadful. An appalling tragedy."

"A tragic accident." The black mirror mocks me: Why did you say that? It wasn't an accident.

"But our police caught those sailors. They were tried and sentenced and sent to prison in Guiana. I wonder if they are still there. I might ask Paulot. He would know. After all, he is the First President of the Court of Appeals."

"It really doesn't matter."

"Not matter! Those wretches ought to have been guillotined."

et je remarque à quel point sa ligne est gracieuse et comme sa silhouette semble éthérée dans sa délicate robe parisienne de dentelle verte. « Je me souviens de ce dîner, pourtant je ne me rappelle pas comment il est mort. Qui l'a tué ? »

Durant tout ce temps, le miroir noir est resté posé sur mes genoux et, une fois de plus, mes yeux scrutent ses profondeurs. Étrange comme nos passions nous entraînent, nous poursuivent et nous fouaillent, nous imposent des rêves indésirables, des destinées contraires.

« Deux marins.

— D'ici ? De Martinique ?

— Non. Deux marins portugais venus d'un bateau dans le port. Il les a rencontrés dans un bar. Il travaillait à un opéra et il avait loué une maison ici. Il les a emmenés chez lui...

— Je me souviens, oui. Ils l'ont dévalisé et battu à mort. C'était terrible. Une affreuse tragédie.

— Un tragique accident. » Le miroir noir se moque de moi : pourquoi as-tu dit ça ? Ce n'était pas un accident.

« Mais notre police a arrêté ces marins. Ils ont été jugés, condamnés et envoyés en Guyane. Je me demande s'ils sont encore là-bas. Je pourrais poser la question à Paulot. Il devrait savoir. Après tout, il est premier président de la cour d'appel.

— Ça n'a pas vraiment d'importance.

— Pas d'importance ! Ces bandits auraient dû être guillotinés.

"No. But I wouldn't mind seeing them at work in the fields in Haiti, picking off coffee plants."

Raising my eyes from the mirror's demonic shine, I notice my hostess has momentarily retreated from the terrace into her shadowy salon. A piano chord echoes, and another. Madame is toying with the same tune. Soon the music lovers assemble, chameleons scarlet, green, lavender, an audience that, lined out on the floor of the terra-cotta terrace, resembles a written arrangement of musical notes. A Mozartean mosaic.

— Non. Mais je ne serais pas fâché de les voir au travail dans les champs, à Haïti, débarrassant les plants de café des parasites. »

Levant les yeux de l'éclat démoniaque du miroir, je constate que mon hôtesse a momentanément quitté la galerie pour se retirer dans la pénombre de son salon. Un accord de piano résonne, puis un second. Madame taquine le même air. Bientôt, les amoureux de la musique s'assemblent, caméléons pourpres, verts, lavande, un public qui, aligné sur le carrelage de la galerie, évoque une combinaison écrite de notes de musique. Une mosaïque mozartienne.

Mr Jones

M. Jones

During the winter of 1945 I lived for several months in a rooming house in Brooklyn. It was not a shabby place, but a pleasantly furnished, elderly brownstone kept hospital-neat by its owners, two maiden sisters.

Mr Jones lived in the room next to mine. My room was the smallest in the house, his the largest, a nice big sunshiny room, which was just as well, for Mr Jones never left it: all his needs, meals, shopping, laundry, were attended to by the middle-aged landladies. Also, he was not without visitors; on the average, a half-dozen various persons, men and women, young, old, in-between, visited his room each day, from early morning until late in the evening. He was not a drug dealer or a fortune-teller;

Durant l'hiver de 1945, j'ai vécu plusieurs mois dans une pension de Brooklyn. Ce n'était pas un endroit sordide mais un immeuble de pierre vétuste, agréablement meublé et dans lequel ses propriétaires, deux sœurs vieilles filles, faisaient régner une propreté d'hôpital.

M. Jones occupait la chambre voisine de la mienne. Ma chambre était la plus petite de la maison, la sienne la plus grande, une jolie pièce ensoleillée, ce qui n'était pas plus mal car M. Jones ne la quittait jamais : repas, commissions variées, blanchissage, les vénérables propriétaires pourvoyaient à tous ses besoins. Et puis, il ne manquait pas de visiteurs, en moyenne une demi-douzaine de personnes diverses, hommes et femmes, jeunes, vieux, entre les deux, lui rendaient visite chaque jour, du début de la matinée jusque tard dans la soirée. Il n'était pas revendeur de drogue ou diseur de bonne aventure ;

no, they came just to talk to him and apparently they made him small gifts of money for his conversation and advice. If not, he had no obvious means of support.

I never had a conversation with Mr Jones myself, a circumstance I've often since regretted. He was a handsome man, about forty. Slender, black-haired, and with a distinctive face; a pale, lean face, high cheekbones, and with a birthmark on his left cheek, a small scarlet defect shaped like a star. He wore gold-rimmed glasses with pitch-black lenses: he was blind, and crippled, too — according to the sisters, the use of his legs had been denied him by a childhood accident, and he could not move without crutches. He was always dressed in a crisply pressed dark grey or blue three-piece suit and a subdued tie — as though about to set off for a Wall Street office.

However, as I've said, he never left the premises. Simply sat in his cheerful room in a comfortable chair and received visitors. I had no notion of why they came to see him, these rather ordinary-looking folk, or what they talked about, and I was far too concerned with my own affairs to much wonder over it.

non, ils venaient simplement lui parler et, apparemment, ils lui offraient de petites sommes d'argent en échange de sa conversation et de ses conseils. Autrement, il n'avait aucun moyen apparent d'existence.

Je n'ai jamais parlé avec M. Jones moi-même, circonstance que j'ai souvent regrettée depuis. C'était un bel homme d'environ quarante ans. Mince, les cheveux noirs et avec un visage très personnel ; un visage maigre et pâle, les pommettes hautes, une marque de naissance sur la joue gauche, une envie de couleur pourpre en forme d'étoile. Il portait des lunettes cerclées d'or avec des verres noir d'encre ; il était aveugle, et infirme également — selon les deux sœurs, l'usage de ses jambes lui ayant été interdit à la suite d'un accident remontant à son enfance, et il ne pouvait pas se déplacer sans béquilles. Il était toujours vêtu d'un complet trois pièces gris foncé ou bleu bien repassé, avec une cravate discrète — comme s'il se préparait à se rendre à un bureau de Wall Street.

Cependant, comme je l'ai dit, il ne sortait jamais de la maison. Simplement, il restait assis dans sa jolie chambre au fond d'un confortable fauteuil et il recevait ses visiteurs. J'ignorais complètement pourquoi ils venaient le voir, ces gens d'apparence plutôt ordinaire, et de quoi ils parlaient, et j'étais bien trop préoccupé par mes propres problèmes pour beaucoup m'interroger à ce sujet.

When I did, I imagined that his friends had found in him an intelligent, kindly man, a good listener in whom to confide and consult with over their troubles: a cross between a priest and a therapist.

Mr Jones had a telephone. He was the only tenant with a private line. It rang constantly, often after midnight and as early as six in the morning.

I moved to Manhattan. Several months later I returned to the house to collect a box of books I had stored there. While the landladies offered me tea and cakes in their lace-curtained "parlour", I enquired of Mr Jones.

The women lowered their eyes. Clearing her throat, one said: "It's in the hands of the police."

The other offered: "We"ve reported him as a missing person."

The first added: "Last month, twenty-six days ago, my sister carried up Mr Jones's breakfast, as usual. He wasn't there. All his belongings were there. But he was gone."

"It's odd —"

"— how a man totally blind, a helpless cripple —"

Quand cela m'arrivait, j'imaginais que ses amis avaient trouvé en lui un homme intelligent, aimable, à l'oreille attentive, auquel se confier et exposer ses ennuis : un croisement entre le prêtre et le thérapeute.

M. Jones avait un téléphone. C'était le seul pensionnaire disposant d'une ligne privée. Elle sonnait constamment, souvent après minuit et dès six heures du matin.

Je partis m'installer à Manhattan. Plusieurs mois après, je revins à la pension pour y prendre une caisse de livres que j'y avais entreposée. Pendant que les propriétaires m'offraient du thé et des gâteaux dans leur « petit salon » aux rideaux de dentelle, je m'enquis de M. Jones.

Les femmes baissèrent les yeux. En toussotant, l'une d'elles déclara : « L'affaire est entre les mains de la police. »

L'autre spécifia : « Nous l'avons signalé comme disparu. »

La première ajouta : « Le mois dernier, il y a vingt-six jours, ma sœur montait son petit déjeuner à M. Jones, comme d'habitude. Il n'était pas là. Toutes ses affaires étaient dans sa chambre. Mais il était parti.

— C'est bizarre...

— Comment un homme totalement aveugle, un infirme paralytique... »

Ten years pass.

Now it is a zero-cold December afternoon, and I am in Moscow. I am riding in a subway car. There are only a few other passengers. One of them is a man sitting opposite me, a man wearing boots, a thick long coat and a Russian-style fur cap. He has bright eyes, blue as a peacock's.

After a doubtful instant, I simply stared, for even without the black glasses, there was no mistaking that lean distinctive face, those high cheekbones with the single scarlet star-shaped birthmark.

I was just about to cross the aisle and speak to him when the train pulled into a station, and Mr Jones, on a pair of fine sturdy legs, stood up and strode out of the car. Swiftly, the train door closed behind him.

Dix ans ont passé.

Aujourd'hui, c'est un après-midi de décembre, il fait moins quinze et je suis à Moscou. Je circule en métro. Il n'y a que quelques passagers dans le wagon. L'un d'eux, un homme, est assis du côté opposé au mien, un homme portant des bottes, un long manteau épais et une toque de fourrure de style russe. Il a des yeux brillants, aussi bleus que ceux d'un paon.

Après un instant d'hésitation, je me suis contenté de le dévisager car, même sans les lunettes noires, devant ce maigre visage si particulier, ces hautes pommettes, avec la marque de naissance pourpre en forme d'étoile, il était impossible de se tromper.

J'étais sur le point de traverser l'allée centrale pour aller lui parler quand le train s'est arrêté dans une station et M. Jones, sur une paire de jambes bien droites et solides, s'est levé et est descendu de la voiture. Prestement, la porte du wagon s'est refermée derrière lui.

A Lamp in a Window

Une lampe à la fenêtre

Once I was invited to a wedding; the bride suggested I drive up from New York with a pair of other guests, a Mr and Mrs Roberts, whom I had never met before. It was a cold April day, and on the ride to Connecticut the Robertses, a couple in their early forties, seemed agreeable enough — no one you would want to spend a long weekend with, but not bad.

However, at the wedding reception a great deal of liquor was consumed, I should say a third of it by my chauffeurs. They were the last to leave the party — at approximately 11 p.m. — and I was most wary of accompanying them; I knew they were drunk, but I didn't realise *how* drunk. We had driven about twenty miles, the car weaving considerably, and Mr and Mrs Roberts insulting each other in the most extraordinary language (really,

Un jour, j'avais été invité à un mariage ; le marié m'avait suggéré de me faire amener en voiture de New York par un M. et une Mme Roberts que je n'avais jamais rencontrés jusque-là. C'était par une froide journée d'avril et, pendant le trajet vers le Connecticut, les Roberts, un couple au seuil de la quarantaine, m'avaient paru assez agréables — pas des gens avec qui l'on souhaiterait passer tout un week-end, mais acceptables.

Cependant, à la réception suivant le mariage, une grande quantité d'alcool fut absorbée dont un bon tiers, dirais-je, par mes chauffeurs. Ils se trouvèrent les derniers à prendre congé — à onze heures du soir approximativement — et je craignais fort de les accompagner ; je savais qu'ils étaient ivres mais je ne me rendais pas compte à quel point. Nous avions fait environ trente kilomètres, la voiture louvoyant considérablement, et M. et Mme Roberts s'insultant avec le langage le plus extraordinaire (en vérité,

it was a moment out of *Who's Afraid of Virginia Woolf?)*, when Mr Roberts, very understandably, made a wrong turn and got lost on a dark country road. I kept asking them, finally begging them, to stop the car and let me out, but they were so involved in their invectives that they ignored me. Eventually the car stopped of its own accord (temporarily) when it swiped against the side of a tree. I used the opportunity to jump out the car's back door and run into the woods. Presently the cursed vehicle drove off, leaving me alone in the icy dark, I'm sure my hosts never missed me; Lord knows I didn't miss them.

But it wasn't a joy to be stranded out there on a windy cold night. I started walking, hoping I'd reach a highway. I walked for half an hour without sighting a habitation. Then, just off the road, I saw a small frame cottage with a porch and a window lighted by a lamp. I tiptoed on to the porch and looked in the window; an elderly woman with soft white hair and a round pleasant face was sitting by a fireside reading a book. There was a cat curled in her lap, and several others slumbering at her feet.

c'était un intermède sorti tout droit de *Qui a peur de Virginia Woolf!*) quand M. Roberts, c'était bien concevable, prit un virage par erreur et se perdit sur une obscure route de campagne. Je ne cessais de leur demander, puis de les supplier d'arrêter la voiture et de me laisser descendre, mais ils étaient à ce point absorbés dans leurs invectives qu'ils semblaient ignorer ma présence. En fin de compte, la voiture s'arrêta d'elle-même (provisoirement) en dérapant contre un tronc d'arbre. Je profitai de l'occasion pour sauter à bas de l'auto par la porte arrière et courir dans les bois. Là-dessus, le maudit véhicule redémarra, me laissant seul dans la nuit glaciale. Je suis bien certain que mon départ leur échappa complètement; quant au leur, Dieu sait que je n'en eus aucun regret.

Mais ce n'était guère réjouissant de se trouver là, en perdition par cette nuit froide et venteuse. Je partis à pied, désespérant d'atteindre une grand-route. Je marchai pendant une demi-heure sans entrevoir une habitation. Puis, non loin de la route, j'aperçus un petit pavillon de bois avec un perron et une fenêtre éclairée par une lampe. Sur la pointe des pieds, je m'approchai du perron et jetai un coup d'œil par la fenêtre; une femme âgée avec une soyeuse chevelure blanche et un visage rond et affable était assise près d'un feu en train de lire un livre. Il y avait un chat pelotonné sur ses genoux et plusieurs autres endormis à ses pieds.

I knocked at the door, and when she opened it I said, with chattering teeth: "I'm sorry to disturb you, but I've had a sort of accident; I wonder if I could use your phone to call a taxi."

"Oh, dear," she said, smiling. "I'm afraid I don't have a phone. Too poor. But please, come in." And as I stepped through the door into the cozy room, she said: "My goodness, boy. You're freezing. Can I make coffee? A cup of tea? I have a little whisky my husband left — he died six years ago."

I said a little whisky would be very welcome.

While she fetched it I warmed my hands at the fire and glanced around the room. It was a cheerful place occupied by six or seven cats of varying alley-cat colours. I looked at the title of the book Mrs Kelly — for that was her name, as I later learned — had been reading: it was *Emma* by Jane Austen, a favourite writer of mine.

When Mrs Kelly returned with a glass of ice and a dusty quarter-bottle of bourbon, she said: "Sit down, sit down. It's not often I have company. Of course, I have my cats. Anyway, you'll spend the night?

Je frappai à la porte et, quand elle m'ouvrit, je lui dis en claquant des dents : « Excusez-moi de vous déranger, mais j'ai eu une espèce d'accident. Je me demandais si je pourrais utiliser votre téléphone pour appeler un taxi.

— Oh, mon Dieu, dit-elle en souriant. J'ai bien peur de ne pas avoir le téléphone. Trop pauvre... Mais je vous en prie, entrez. » Et comme je franchissais le seuil pour pénétrer dans la pièce confortable, elle reprit : « Seigneur, mon garçon, vous êtes gelé. Puis-je vous faire du café ? Une tasse de thé ? J'ai un peu de whisky qui me reste de mon mari... Il est mort depuis six ans. »

Je répondis qu'un peu de whisky serait le bienvenu.

Tandis qu'elle allait le chercher, je me réchauffai les mains devant le feu et regardai la pièce autour de moi. C'était un lieu accueillant occupé par six ou sept chats de gouttière de couleurs diverses. Je regardai le titre du livre que Mme Kelly — car c'était son nom comme je l'appris plus tard — était en train de lire : *Emma,* de Jane Austen, un de mes écrivains préférés.

Lorsque Mme Kelly revint portant un verre avec des glaçons et un quart de bourbon poussiéreux, elle me dit : « Asseyez-vous, asseyez-vous. Ce n'est pas souvent que je reçois des visiteurs. Bien sûr, j'ai mes chats. En tout cas, vous allez passer la nuit ici.

I have a nice little guest room that's been waiting such a long time for a guest. In the morning you can walk to the highway and catch a ride into town, where you'll find a garage to fix your car. It's about five miles away."

I wondered aloud how she could live so isolatedly, without transportation or a telephone; she told me her good friend, the mailman, took care of all her shopping needs. "Albert. He's really so dear and faithful. But he's due to retire next year. After that I don't know what I'll do. But something will turn up. Perhaps a kindly new mailman. Tell me, just what sort of accident did you have?"

When I explained the truth of the matter, she responded indignantly: "You did exactly the right thing. I wouldn't set foot in a car with a man who had sniffed a glass of sherry. That's how I lost my husband. Married forty years, forty happy years, and I lost him because a drunken driver ran him down. If it wasn't for my cats..." She stroked an orange tabby purring in her lap.

We talked by the fire until my eyes grew heavy. We talked about Jane Austen

J'ai une jolie petite chambre d'amis qui attend d'être occupée depuis bien longtemps. Dans la matinée, vous pourrez aller à pied jusqu'à la nationale et faire de l'auto-stop. Une fois à la ville, vous trouverez un garage pour réparer votre voiture. C'est à huit kilomètres d'ici à peu près.

Je me demandai à voix haute comment elle pouvait vivre dans un tel isolement sans moyen de transport ni téléphone ; elle m'expliqua que son bon ami le facteur se chargeait de lui faire toutes ses courses. « Albert. Il est vraiment si gentil et fidèle. Mais il doit prendre sa retraite l'année prochaine. Ensuite, je ne sais pas ce que je ferai. Mais il y aura bien une solution. Peut-être un nouveau facteur aussi serviable. Dites-moi, quel genre d'accident avez-vous eu, au juste ? »

Lorsque je lui eus expliqué la vérité sur l'affaire, elle répondit avec indignation : « Vous avez fait exactement ce qu'il fallait. Je ne mettrais pas le pied dans la voiture d'un homme qui aurait flairé un verre de sherry. C'est comme ça que j'ai perdu mon mari. Quarante années de mariage, quarante années de bonheur et je l'ai perdu parce qu'un ivrogne au volant l'a écrasé. Si je n'avais pas mes chats... » Elle caressa une chatte orange qui ronronnait sur ses genoux.

Nous avons parlé près du feu jusqu'à ce que je sentisse mes paupières s'appesantir. Nous avons parlé de Jane Austen

("Ah, Jane. My tragedy is that I've read all her books so often I have them memorised"), and other admired authors: Thoreau, Willa Cather, Dickens, Lewis Carroll, Agatha Christie, Raymond Chandler, Hawthorne, Chekhov, De Maupassant — she was a woman with a good and varied mind; intelligence illuminated her hazel eyes like the small lamp shining on the table beside her. We talked about the hard Connecticut winters, politicians, far places ("I've never been abroad, but if ever I'd had the chance, the place I would have gone is Africa. Sometimes I've dreamed of it, the green hills, the heat, the beautiful giraffes, the elephants walking about"), religion ("Of course, I was raised a Catholic, but now, I'm almost sorry to say, I have an open mind. Too much reading, perhaps"), gardening ("I grow and can all my own vegetables; a necessity"). At last: "Forgive my babbling on. You have no idea how much pleasure it gives me. But it's way past your bedtime. I know it is mine."

She escorted me upstairs, and after I was comfortably arranged in a double bed under a blissful load of pretty scrap-quilts, she returned to wish me good night, sweet dreams. I lay awake thinking about it. What an exceptional experience — to be an old woman living alone here

(« Ah, Jane, le drame pour moi c'est que j'ai lu tous ses livres si souvent que je les sais par cœur ») et d'autres auteurs admirés : Thoreau, Willa Cather, Dickens, Lewis Carroll, Agatha Christie, Raymond Chandler, Hawthorne, Tchekhov, Maupassant — c'était une femme à l'esprit droit et ouvert. L'intelligence illuminait ses yeux noisette comme la petite lampe brillant sur la table à côté d'elle. Nous avons parlé des rudes hivers du Connecticut, d'hommes politiques, de pays lointains (« Je ne suis jamais allée à l'étranger, mais si jamais j'en avais eu l'occasion, je serais allée en Afrique. Il m'est arrivé quelquefois d'en rêver, les vertes collines, la chaleur, les belles girafes, les éléphants qui se promènent »), de religion (« Naturellement, j'ai été élevée dans le catholicisme mais, maintenant, je regrette presque de le dire. Je suis tolérante. Trop de lectures, peut-être »), de jardinage (« Je fais pousser et je mets en conserve tous mes légumes : une nécessité »). Enfin : « Pardonnez mon bavardage. Vous n'avez pas idée du plaisir que j'y prends. Mais vous devriez déjà être couché. Je sais que pour moi c'est l'heure. »

Elle m'escorta au premier étage et, quand je fus confortablement installé dans un grand lit sous une délectable épaisseur de jolis édredons, elle revint me dire bonsoir et me souhaiter de beaux rêves. Je restai quelque temps éveillé à réfléchir. Quelle expérience exceptionnelle — être une vieille femme vivant seule ici,

in the wilderness and have a stranger knock on your door in the middle of the night and not only open it but warmly welcome him inside and offer him shelter. If our situations had been reversed, I doubt that I would have had the courage, to say nothing of the generosity.

The next morning she gave me breakfast in her kitchen. Coffee and hot oatmeal with sugar and tinned cream, but I was hungry and it tasted great. The kitchen was shabbier than the rest of the house; the stove, a rattling refrigerator, everything seemed on the edge of expiring. All except one large, somewhat modern object, a deep-freeze that fitted into a corner of the room.

She was chatting on: "I love birds. I feel so guilty about not tossing them crumbs during the winter. But I can't have them gathering around the house. Because of the cats. Do you care for cats?"

"Yes, I once had a Siamese named Toma. She lived to be twelve, and we travelled everywhere together. All over the world. And when she died I never had the heart to get another."

"Then maybe you will understand this," she said, leading me over to the deep-freeze, and opening it. Inside were nothing but cats: stacks of frozen, perfectly preserved cats — dozens of them.

en pleine cambrousse, entendre un inconnu frapper à votre porte au milieu de la nuit et, non seulement lui ouvrir mais lui faire un accueil chaleureux et lui offrir un abri. Si nos situations avaient été inversées, je n'aurais sans doute pas eu son courage, pour ne rien dire de sa générosité.

Le lendemain matin, elle me servit le petit déjeuner dans sa cuisine. Du café et des flocons d'avoine avec du sucre et du lait condensé, mais j'avais faim et je me régalai. La cuisine était plus délabrée que le reste de la maison ; le fourneau, un réfrigérateur battant la breloque, tout semblait sur le point d'expirer. Tout, sauf un vaste appareil assez moderne, un congélateur disposé dans un coin de la pièce.

Elle avait repris sa causette : « J'aime beaucoup les oiseaux. Je me sens si coupable de ne pas leur jeter des miettes pendant l'hiver. Mais je ne peux pas les faire venir autour de la maison. À cause des chats. Aimez-vous les chats ?

— Oui. J'ai eu, dans le temps, une siamoise qui s'appelait Toma. Elle a vécu douze ans et nous sommes allés partout ensemble. Dans le monde entier. Et quand elle est morte, je n'ai pas eu le cœur d'en reprendre une autre.

— Alors vous comprendrez peut-être cela », dit-elle en m'entraînant vers le congélateur qu'elle ouvrit. À l'intérieur, il n'y avait que des chats, des amas de chats congelés parfaitement conservés — des douzaines de chats.

It gave me an odd sensation. "All my old friends. Gone to rest. It's just that I couldn't bear to lose them. *Completely.*" She laughed, and said: "I guess you think I'm a bit dotty."

A bit dotty. Yes, a bit dotty, I thought as I walked under grey skies in the direction of the highway she had pointed out to me. But radiant: a lamp in a window.

J'éprouvai une étrange sensation. « Tous mes vieux amis. Ils reposent. Simplement, je ne pouvais pas supporter l'idée de les perdre. *Complètement.* » Elle se mit à rire. « Vous devez me trouver un peu toquée. »

Un peu toquée. Oui, un peu toquée, pensais-je, tout en marchant sous le ciel gris dans la direction de la grand-route qu'elle m'avait indiquée. Mais rayonnante : une lampe à la fenêtre.

Mojave

Mojave

At 5 P.M. that winter afternoon she had an appointment with Dr Bentsen, formerly her psychoanalyst and currently her lover. When their relationship had changed from the analytical to the emotional, he insisted, on ethical grounds, that she cease to be his patient. Not that it mattered. He had not been of much help as an analyst, and as a lover — well, once she had watched him running to catch a bus, two hundred and twenty pounds of shortish, fiftyish, frizzly-haired, hip-heavy, myopic Manhattan Intellectual, and she had laughed: how was it possible that she could love a man so ill-humoured, so ill-favoured as Ezra Bentsen? The answer was she didn't; in fact, she disliked him. But at least she didn't associate him with resignation and despair. She feared her husband; she was not afraid of Dr Bentsen. Still, it was her husband she loved.

À cinq heures du soir, par cette journée d'hiver, elle avait rendez-vous avec le docteur Bentsen, hier son psychanalyste et aujourd'hui son amant. Lorsque leurs relations s'étaient modifiées, passant de l'analytique à l'affectif, il avait insisté, du point de vue de l'éthique, pour qu'elle cessât d'être sa patiente. Non que cela eût une grande importance. Il ne lui avait guère apporté comme analyste, et comme amant — eh bien, un jour, elle l'avait regardé courir pour attraper un bus, quatre-vingt-dix-neuf kilos d'intellectuel de Manhattan, myope, courtaud, quinquagénaire, le cheveu crêpelé, les hanches lourdes, et elle avait ri. Comment pouvait-elle aimer un homme d'un caractère et d'un physique aussi ingrat qu'Ezra Bentsen ? La réponse, c'était qu'elle ne l'aimait pas ; en fait, il lui déplaisait franchement. Mais, du moins, ne l'associait-elle pas à la résignation et au désespoir. Elle craignait son mari ; elle n'avait pas peur du docteur Bentsen. Et, pourtant, c'était son mari qu'elle aimait.

She was rich; at any rate, had a substantial allowance from her husband, who was rich, and so could afford the studio-apartment hideaway where she met her lover perhaps once a week, sometimes twice, never more. She could also afford gifts he seemed to expect on these occasions. Not that he appreciated their quality: Verdura cuff links, classic Paul Flato cigarette cases, the obligatory Cartier watch, and (more to the point) occasional specific amounts of cash he asked to "borrow".

He had never given *her* a single present. Well, one: a mother-of-pearl Spanish dress comb that he claimed was an heirloom, a mother-treasure. Of course, it was nothing she could wear, for she wore her own hair, fluffy and tobacco-coloured, like a childish aureole around her deceptively naïve and youthful face. Thanks to dieting, private exercises with Joseph Pilatos, and the dermatological attentions of Dr Orentreich, she looked in her early twenties; she was thirty-six.

The Spanish comb. Her hair. That reminded her of Jaime Sanchez and something that had happened yesterday. Jaime Sanchez was her hairdresser, and though they had known each other scarcely a year, they were, in their own way, good friends. She confided in him somewhat; he confided in her considerably more.

Elle était riche ; du moins, elle recevait une pension substantielle de son mari qui était riche et elle pouvait donc payer le loyer du studio où elle rencontrait en secret son amant, peut-être une fois par semaine, parfois deux, jamais plus. Elle pouvait aussi payer les cadeaux qu'il paraissait attendre en ces occasions. Non qu'il appréciât leur qualité : boutons de manchettes Verdura, étuis à cigarettes Paul Flato classiques, inévitable montre de chez Cartier et (beaucoup plus à propos) des sommes d'argent liquide périodiques qu'il lui « empruntait ».

Jamais il ne lui avait offert, à *elle,* le moindre cadeau. Si, au fait, un : un haut peigne espagnol de nacre dont il prétendait avoir hérité, un trésor venant de sa mère. Bien entendu, elle ne pouvait pas le porter car elle coiffait ses cheveux bouffants et couleur tabac en une auréole d'une naïveté trompeuse. Grâce aux régimes, aux exercices pratiqués en privé avec Joseph Pilatos et aux attentions dermatologiques du docteur Orentreich, elle paraissait à peine plus de vingt ans ; elle en avait trente-six.

Le peigne espagnol. Ses cheveux. Cela lui rappela Jaime Sanchez et quelque chose qui était arrivé la veille. Jaime Sanchez était son coiffeur et, bien qu'ils se connussent depuis un an à peine, ils étaient, à leur façon, bons amis. Elle se confiait à lui modérément ; il se confiait à elle beaucoup plus.

Until recently she had judged Jaime to be a happy, almost overly blessed young man. He shared an apartment with an attractive lover, a young dentist named Carlos. Jaime and Carlos had been schoolmates in San Juan; they had left Puerto Rico together, settling first in New Orleans, then New York, and it was Jaime, working as a beautician, a talented one, who had put Carlos through dental school. Now Carlos had his own office and a clientele of prosperous Puerto Ricans and blacks.

However, during her last several visits she had noticed that Jaime Sanchez's usually unclouded eyes were sombre, yellowed, as though he had a hangover, and his expertly articulate hands, ordinarily so calm and capable, trembled a little.

Yesterday, while scissor-trimming her hair, he had stopped and stood gasping, gasping — not as though fighting for air, but as if struggling against a scream.

She had said: "What is it? Are you all right?"

"No."

He had stepped to a washbasin and splashed his face with cold water. While drying himself, he said: "I'm going to kill Carlos."

Tout récemment encore, Jaime lui avait paru un jeune homme heureux, béni des dieux presque à l'excès. Il partageait un appartement avec un séduisant amant, un jeune dentiste nommé Carlos. Jaime et Carlos avaient été camarades de classe à San Juan ; ils avaient quitté Porto Rico ensemble, s'installant d'abord à La Nouvelle-Orléans puis à New York, et c'était Jaime, exerçant avec talent le métier d'esthéticien, qui avait fait entrer Carlos à l'école dentaire. Maintenant, Carlos avait son propre cabinet et une clientèle de Portoricains et de Noirs prospères.

Cependant, au cours de ses dernières visites, elle avait remarqué que les yeux en général lumineux de Jaime Sanchez s'étaient assombris, avaient jauni comme sous l'effet de la gueule de bois, et que ses mains agiles et expertes, d'ordinaire si sûres et si efficaces, tremblaient un peu.

La veille, tandis qu'il lui effilait les cheveux aux ciseaux, il s'était arrêté et redressé, et s'était mis à suffoquer, suffoquer — non comme s'il cherchait sa respiration, mais comme s'il s'efforçait de réprimer un cri.

Elle avait demandé : « Qu'est-ce qui se passe ? Ça ne va pas ?

— Non. »

Il s'était approché d'un lavabo et s'était aspergé le visage d'eau froide. Tout en se séchant, il avait déclaré : « Je vais tuer Carlos. »

He waited, as if expecting her to ask why; when she merely stared, he continued: "There's no use talking any more. He understands nothing. My words mean nothing. The only way I can communicate with him is to kill him. Then he will understand."

"I'm not sure that I do, Jamie."

"Have I ever mentioned to you Angelita? My cousin Angelita? She came here six months ago. She has always been in love with Carlos. Since she was, oh, twelve years old. And now Carlos is in love with her. He wants to marry her and have a household of children."

She felt so awkward that all she could think to ask was: "Is she a nice girl?"

"Too nice." He had seized the scissors and resumed clipping. "No, I mean that. She is an excellent girl, very petite, like a pretty parrot, and much too nice; her kindness becomes cruel. Though she doesn't understand that she is being cruel. For example..." She glanced at Jaime's face moving in the mirror above the washbasin; it was not the merry face that had often beguiled her, but pain and perplexity exactly reflected. "Angelita and Carlos want me to live with them after they are married, all of us together in one apartment.

Puis il s'interrompit comme s'il s'attendait à ce qu'elle lui demandât pourquoi ; comme elle se contentait de le dévisager, il poursuivit : « Ce n'est plus la peine de lui parler. Il ne comprend rien. Les mots que je dis n'ont aucun sens pour lui. La seule façon de communiquer avec lui, c'est de le tuer. Alors, il comprendra.

— Je ne suis pas sûre que je comprenne, moi, Jaime.

— Je ne vous ai jamais parlé d'Angelita ? Ma cousine Angelita ? Elle est arrivée ici il y a six mois. Elle a toujours été amoureuse de Carlos. Depuis, oh, depuis l'âge de douze ans. Et maintenant, Carlos est amoureux d'elle. Il veut l'épouser, fonder un foyer et avoir des enfants. »

Elle se sentait si désorientée qu'elle ne trouva rien d'autre à dire que : « C'est une gentille fille ?

— Trop gentille. » Il avait repris ses ciseaux et s'était remis à l'œuvre. « Non mais, c'est vrai. C'est une très bonne fille, toute petite comme un joli perroquet, et bien trop gentille ; sa bonté devient cruelle. Seulement, elle ne se rend pas compte qu'elle est cruelle. Par exemple... » Elle jeta un coup d'œil au visage de Jaime qui se déplaçait dans le miroir, au-dessus du lavabo : ce n'était pas le joyeux visage qui l'avait si souvent séduite, mais le reflet même de la douleur et de la perplexité. « Angelita et Carlos veulent que je vive avec eux après leur mariage ; tous ensemble dans un seul appartement.

It was her idea, but Carlos says yes! yes! we must all stay together and from now on he and I will live like brothers. That is the reason I have to kill him. He could never have loved me, not if he could ignore my enduring such hell. He says, 'Yes, I love you, Jaime; but Angelita — this is different.' There is no difference. You love or you do not. You destroy or you do not. But Carlos will never understand that. Nothing reaches him, nothing can — only a bullet or a razor."

She wanted to laugh; at the same time she couldn't because she realised he was serious and also because she well knew how true it was that certain persons could only be made to recognise the truth, be made to *understand,* by subjecting them to extreme punishment.

Nevertheless, she did laugh, but in a manner that Jaime would not interpret as genuine laughter. It was something comparable to a sympathetic shrug. "You could never kill anyone, Jaime."

He began to comb her hair; the tugs were not gentle, but she knew the anger implied was against himself, not her. "Shit!" Then: "No. And that's the reason for most suicides. Someone is torturing you. You want to kill them, but you can't.

C'était son idée, à elle, mais Carlos a dit : « Oui ! oui ! Nous devons tous rester ensemble et à partir de maintenant lui et moi vivrons comme des frères. » Voilà pourquoi je dois le tuer. Ce n'est pas possible qu'il m'ait jamais aimé s'il reste indifférent à ce que j'endure. Il me dit : « Oui, je t'aime, Jaime ; mais avec Angelita... c'est différent. » Il n'y a pas de différence. On aime ou on n'aime pas. On détruit ou on ne détruit pas. Mais Carlos ne comprendra jamais ça. Rien ne peut l'atteindre, rien ne le... sauf une balle ou un rasoir. »

Elle eut envie de rire ; et, en même temps, elle ne le pouvait pas car elle se rendait compte qu'il était sérieux et aussi parce qu'elle savait bien à quel point c'était vrai qu'il n'était possible de faire reconnaître la vérité, de la faire comprendre à certaines personnes qu'en les soumettant à un châtiment extrême.

Néanmoins, elle se mit à rire, mais d'un rire que Jaime ne pouvait interpréter comme authentique. Il était plutôt comparable à un haussement d'épaules compatissant. « Jamais vous ne pourriez tuer quelqu'un, Jaime. »

Il commença à lui peigner les cheveux, les tiraillements du peigne manquaient de douceur, mais elle savait que sa colère était dirigée contre lui-même et non contre elle — « Merde ! » Puis : « Non. Et c'est la raison de tant de suicides. Quelqu'un vous torture. Vous voulez le tuer, mais vous n'en êtes pas capable.

All that pain is because you love them, and you can't kill them because you love them. So you kill yourself instead."

Leaving, she considered kissing him on the cheek, but settled for shaking his hand. "I know how trite this is, Jaime. And for the moment certainly no help at all. But remember — there's always somebody else. Just don't look for the same person, that's all."

The rendezvous apartment was on East Sixty-fifth Street; today she walked to it from her home, a small town house on Beekman Place. It was windy, there was left-over snow on the sidewalk and a promise of more in the air, but she was snug enough in the coat her husband had given her for Christmas — a sable-coloured suede coat that was lined with sable.

A cousin had rented the apartment for her in his own name. The cousin, who was married to a harridan and lived in Greenwich, sometimes visited the apartment with his secretary, a fat Japanese woman who drenched herself in nose-boggling amounts of Mitsouko. This afternoon the apartment reeked of the lady's perfume, from which she deduced that her cousin had lately been dallying here. That meant she would have to change the sheets.

She did so, then prepared herself.

Toute cette souffrance vient de ce que vous les aimez et vous ne pouvez pas les tuer parce que vous les aimez. Alors, vous vous tuez vous-même. »

En partant, elle songea à l'embrasser sur la joue, mais se contenta de lui serrer la main. « Je sais comme c'est banal, Jaime. Et pour l'instant, cela ne peut vous soulager en rien. Mais rappelez-vous... Il y a toujours quelqu'un d'autre. Simplement, ne cherchez pas la même personne. Voilà tout. »

L'appartement des rendez-vous se trouvait dans la Soixante-cinquième Rue Est. Ce jour-là, elle s'y rendit à pied de chez elle, une petite maison particulière sur Beekman Place. Il y avait du vent, il restait un peu de neige sur le trottoir et l'on sentait dans l'air la promesse de nouveaux flocons, mais elle se sentait à l'abri dans le manteau que son mari lui avait offert pour Noël — un manteau de daim couleur sable doublé de zibeline.

Un cousin avait loué l'appartement pour elle à son nom. Ce cousin, qui était marié à une mégère et vivait à Greenwich, se rendait parfois à l'appartement avec sa secrétaire, une Japonaise adipeuse qui s'inondait de flots rédhibitoires de Mitsouko. Cet après-midi-là, le parfum de la dame empestait l'appartement d'où elle déduisit que son cousin s'y était récemment livré à ses ébats. Autrement dit, elle devrait changer les draps.

Ce qu'elle fit avant de se préparer elle-même.

On a table beside the bed she placed a small box wrapped in shiny cerulean paper; it contained a gold toothpick she had bought at Tiffany, a gift for Dr Bentsen, for one of his unpleasing habits was constantly picking his teeth, and, moreover, picking them with an endless series of paper matches. She had thought the gold pick might make the whole process a little less disagreeable. She put a stack of Lee Wiley and Fred Astaire records on a phonograph, poured herself a glass of cold white wine, undressed entirely, lubricated herself, and stretched out on the bed, humming, singing along with the divine Fred and listening for the scratch of her lover's key at the door.

To judge from appearances, orgasms were agonising events in the life of Ezra Bentsen: he grimaced, he ground his dentures, he whimpered like a frightened mutt. Of course, she was always relieved when she heard the whimper; it meant that soon his lathered carcass would roll off her, for he was not one to linger, whispering tender compliments: he just rolled right off. And today, having done so, he greedily reached for the blue box, knowing it was a present for him. After opening it, he grunted.

She explained: "It's a gold toothpick."

Sur une table près du lit, elle plaça une petite boîte enveloppée de luisant papier céruléen ; elle contenait un cure-dent en or qu'elle avait acheté chez Tiffany, un cadeau pour le docteur Bentsen car l'une de ses déplaisantes habitudes consistait à se curer constamment les dents et, en outre, à se les curer avec des séries sans fin d'allumettes en papier. Elle avait pensé que le cure-dent d'or rendrait l'ensemble de l'opération un peu moins désagréable. Elle disposa une pile de disques de Lee Wiley et de Fred Astaire sur un phonographe, se servit un verre de vin blanc frappé, se déshabilla entièrement, se vaselina et s'étendit sur le lit, fredonnant, chantant avec le divin Fred et guettant le cliquetis de la clef de son amant à la porte.

À en juger d'après les apparences, les orgasmes étaient des événements déchirants dans l'existence d'Ezra Bentsen : il grimaçait, grinçait des dents, gémissait comme un chien terrorisé. Naturellement, elle était toujours soulagée quand elle entendait le gémissement ; cela signifiait que, bientôt, sa carcasse transpirante roulerait de côté, car il n'était pas homme à lanterner, à chuchoter de tendres compliments ; il se contentait de rouler de côté illico. Et aujourd'hui, ayant opéré son basculement, il tendit avec cupidité la main vers la boîte bleue, sachant que c'était un cadeau pour lui. Après l'avoir ouverte, il grogna.

Elle expliqua : « C'est un cure-dent en or. »

He chuckled, an unusual sound coming from him, for his sense of humour was meagre. "That's kind of cute," he said. And began picking his teeth. "You know what happened last night? I slapped Thelma. But good. And I punched her in the stomach, too."

Thelma was his wife; she was a child psychiatrist, and by reputation a fine one.

"The trouble with Thelma is you can't talk to her. She doesn't understand. Sometimes that's the only way you can get the message across. Give her a fat lip."

She thought of Jaime Sanchez.

"Do you know a Mrs Roger Rhinelander?" Dr Bentsen said.

"Mary Rhinelander? Her father was my father's best friend. They owned a racing stable together. One of her horses won the Kentucky Derby. Poor Mary, though. She married a real bastard."

"So she tells me."

"Oh? Is Mrs Rhinelander a new patient?"

"Brand-new. Funny thing. She came to me for more or less the particular reason that brought you; her situation is almost identical."

Il émit un gloussement, son inhabituel venant de lui, car son sens de l'humour était inexistant. « C'est mignon dans le genre », dit-il, et il commença à se curer les dents. « Tu sais ce qui est arrivé hier soir ? J'ai giflé Thelma. Mais pour de bon. Et je lui ai collé mon poing dans l'estomac par-dessus le marché. »

Thelma était sa femme ; elle était psychiatre d'enfants et réputée dans sa spécialité.

« L'ennui, avec Thelma, c'est qu'on ne peut pas lui parler. Elle ne pige rien. Quelquefois, c'est le seul moyen de se faire comprendre, avec elle. En lui flanquant une beigne. »

Elle pensa à Jaime Sanchez.

« Tu connais une Mme Roger Rhinelander ? demanda le docteur Bentsen.

— Mary Rhinelander ? Son père était le meilleur ami du mien. Ils possédaient une écurie de courses ensemble. L'un de ses chevaux a gagné le Derby du Kentucky. Pauvre Mary quand même... Elle a épousé un vrai salaud.

— C'est ce qu'elle m'a dit.

— Oh ? Mme Rhinelander est une de tes nouvelles clientes ?

— Toute nouvelle. C'est drôle. Elle est venue me trouver plus ou moins pour cette même raison particulière qui t'a amenée chez moi ; sa situation est presque identique. »

The particular reason? Actually, she had a number of problems that had contributed to her eventual seduction on Dr Bentsen's couch, the principal one being that she had not been capable of having a sexual relationship with her husband since the birth of their second child. She had married when she was twenty-four; her husband was fifteen years her senior. Though they had fought a lot, and were jealous of each other, the first five years of their marriage remained in her memory as an unblemished vista. The difficulty started when he asked her to have a child; if she hadn't been so much in love with him, she would never have consented — she had been afraid of children when she herself was a child, and the company of a child still made her uneasy. But she had given him a son, and the experience of pregnancy had traumatised her: when she wasn't actually suffering, she imagined she was, and after the birth she descended into a depression that continued more than a year. Every day she slept fourteen hours of Seconal sleep; as for the other ten, she kept awake by fuelling herself with amphetamines. The second child, another boy, had been a drunken accident — though she suspected that really her husband had tricked her. The instant she knew she was pregnant again she had insisted on having an abortion;

La raison particulière ? En fait, elle présentait un certain nombre de problèmes qui avaient finalement contribué à sa séduction sur le divan du docteur Bentsen, le principal étant qu'elle n'avait pas pu avoir de rapports sexuels avec son mari depuis la naissance de leur second enfant. Elle s'était mariée à vingt-quatre ans ; son mari était de quinze ans son aîné. En dépit de nombreuses disputes, et bien qu'ils fussent jaloux l'un de l'autre, les cinq premières années de leur mariage restaient dans sa mémoire comme une période sans nuages. Les difficultés avaient surgi quand il lui avait demandé d'avoir un enfant ; si elle ne l'avait pas tant aimé, jamais elle n'aurait accepté — elle avait eu peur des enfants quand elle-même était petite fille, et la compagnie d'un enfant la mettait encore mal à l'aise. Mais elle lui avait donné un fils et l'expérience de la grossesse l'avait traumatisée : quand elle ne souffrait pas vraiment, elle s'imaginait qu'elle souffrait et, après la naissance, elle avait sombré dans une dépression qui s'était prolongée plus d'un an. Chaque jour, elle dormait quatorze heures d'un sommeil au Séconal ; quant aux dix heures restantes, elle se maintenait éveillée en se bourrant d'amphétamines. Le second enfant, un autre garçon, avait été un accident dû à l'ivresse — encore qu'en vérité elle soupçonnât son mari de l'avoir piégée. À l'instant même où elle s'était sue de nouveau enceinte, elle avait insisté pour se faire avorter ;

he had told her that if she went ahead with it, he would divorce her. Well, he had lived to regret that. The child had been born two months prematurely, had nearly died, and because of massive internal haemorrhaging, so had she; they had both hovered above an abyss through months of intensive care. Since then, she had never shared a bed with her husband; she wanted to, but she couldn't, for the naked presence of him, the thought of his body inside hers, summoned intolerable terrors.

Dr Bentsen wore thick black socks with garters, which he never removed while "making love"; now, as he was sliding his gartered legs into a pair of shiny-seated blue serge trousers, he said: "Let's see. Tomorrow is Tuesday. Wednesday is our anniversary..."

"Our anniversary?"

"Thelma's! Our twentieth. I want to take her to... Tell me the best restaurant around now?"

"What does it matter? It's very small and very smart and the owner would never give you a table."

His lack of humour asserted itself: "That's a damn strange thing to say. What do you mean, he wouldn't give me a table?"

il l'avait prévenue que si elle allait au bout de son idée, il demanderait le divorce. Eh bien, il avait eu toute sa vie pour le regretter. L'enfant était né prématurément avec deux mois d'avance, avait failli mourir, et à la suite d'une violente hémorragie interne, elle aussi ; ils étaient restés en suspens au-dessus d'un abîme durant des mois de soins intensifs. Depuis lors, jamais plus elle n'avait partagé un lit avec son mari ; elle l'aurait bien voulu mais elle ne le pouvait pas car la présence de sa nudité, la pensée de son corps à l'intérieur du sien suscitaient en elle d'intolérables terreurs.

Le docteur Bentsen portait d'épaisses chaussettes noires avec des fixe-chaussettes qu'il n'ôtait jamais pendant qu'il « faisait l'amour ». Maintenant, tout en glissant ses mollets enjarretierrés dans les jambes d'un pantalon de serge bleue au fond luisant, il déclara : « Voyons. C'est demain mardi. Mercredi, c'est notre anniversaire...

— Notre anniversaire ?

— Celui de Thelma ! Notre vingtième. Je vais l'emmener... Dis-moi quel est le meilleur restaurant dans le quartier ?

— Quelle importance ? C'est un endroit minuscule, très chic et jamais le patron ne te donnerait une table. »

Son manque d'humour se confirma : « Qu'est-ce que tu me chantes ! Comment ça, il ne me donnerait jamais une table ?

"Just what I said. One look at you and he'd know you had hairy heels. There are *some* people who won't serve people with hairy heels. He's one of them."

Dr Bentsen was familiar with her habit of introducing unfamiliar lingo, and he had learned to pretend he knew what it signified; he was as ignorant of her ambience as she was of his, but the shifting instability of his character would not allow him to admit it.

"Well, then," he said, "is Friday all right? Around five?"

She said: "No, thank you." He was tying his tie and stopped; she was still lying on the bed, uncovered, naked; Fred was singing "By Myself". "No, thank you, darling Dr B. I don't think we'll be meeting here any more."

She could see he was startled. Of course he would miss her — she was beautiful, she was considerate, it never bothered her when he asked her for money. He knelt beside the bed and fondled her breast. She noticed an icy moustache of sweat on his upper lip. "What is this? Drugs? Drink?"

She laughed and said: "All I drink is white wine, and not much of that. No, my friend. It's simply that you have hairy heels."

Like many analysts, Dr Bentsen was quite literal-minded; just for a second

— C'est bien ce que j'ai dit. Un coup d'œil sur toi et il saura que tu as les talons velus. Certaines personnes refusent absolument de servir les gens aux talons velus. Il en fait partie. »

Cette habitude qu'elle avait d'utiliser un jargon insolite était familière au docteur Bentsen et il avait appris à feindre d'en comprendre le sens ; il ignorait autant son climat ambiant qu'elle ignorait le sien, mais son caractère instable et falsificateur ne lui permettait pas de l'admettre.

« Voyons, alors, dit-il, d'accord pour vendredi ? Vers cinq heures ? »

Elle répondit : « Non, merci. » Il était en train de nouer sa cravate et s'immobilisa ; elle était toujours allongée sur le lit, découverte, nue ; Fred chantait « By myself ». « Non, merci, cher docteur B. Je crois que nous ne nous rencontrerons plus ici. »

Elle put voir qu'il était interloqué. Naturellement, elle allait lui manquer — elle était belle, prévenante, ne se formalisait jamais quand il lui demandait de l'argent. Il s'agenouilla près du lit et lui caressa la poitrine. Elle remarqua une moustache de sueur froide sur sa lèvre supérieure. « Qu'est-ce qui t'arrive ? Tu es saoule ? Droguée ? »

Elle se mit à rire et répondit : « Je ne bois que du vin blanc et, encore, pas beaucoup. Non, mon ami, c'est simplement que tu as les talons velus. »

Comme beaucoup d'analystes, le docteur Bentsen prenait les propos d'autrui au pied de la lettre ; durant une seconde,

she thought he was going to strip off his socks and examine his feet. Churlishly, like a child, he said: "I *don't* have hairy heels."

"Oh, yes you do. Just like a horse. All ordinary horses have hairy heels. Thoroughbreds don't. The heels of a well-bred horse are flat and glistening. Give my love to Thelma."

"Smart-ass. Friday?"

The Astaire record ended. She swallowed the last of the wine.

"Maybe. I'll call you," she said.

As it happened, she never called, and she never saw him again—except once, a year later, when she sat on a banquette next to him at La Grenouille; he was lunching with Mary Rhinelander, and she was amused to see that Mrs Rhinelander signed the check.

The promised snow had arrived by the time she returned, again on foot, to the house on Beekman Place. The front door was painted pale yellow and had a brass knocker shaped like a lion's claw. Anna, one of four Irishwomen who staffed the house, answered the door and reported that the children, exhausted from an afternoon of ice-skating at Rockfeller Center, had already had their supper and been put to bed.

Thank God. Now she wouldn't have to undergo the half-hour of playtime and tale-telling

elle songea qu'il allait ôter ses chaussettes pour examiner ses talons. Hargneux, comme un enfant, il déclara : « Je n'ai *pas* les talons velus.

— Oh, mais si. Tout comme un cheval. Tous les chevaux ordinaires ont les talons velus. Pas les pur-sang. Les talons d'un cheval de race sont plats et luisants. Bien des choses à Thelma.

— Sale garce. Vendredi ? »

Le disque d'Astaire s'acheva. Elle but ce qui restait du vin.

« Je t'appellerai peut-être », dit-elle.

En fait, jamais elle ne l'appela et jamais elle ne le revit — sauf une fois, un an plus tard, lorsqu'elle s'assit sur une banquette à côté de lui à La Grenouille ; il déjeunait avec Mary Rhinelander et elle constata avec amusement qu'elle signait l'addition.

La neige promise arriva au moment où elle revenait de nouveau à pied à la maison de Beekman Place. La porte d'entrée était peinte en jaune pâle et s'ornait d'un marteau de bronze en forme de patte de lion. Anna, l'une des quatre Irlandaises qui composaient le personnel, vint lui ouvrir et signala que les enfants, épuisés par un après-midi de patinage au Rockefeller Center, avaient déjà dîné et étaient couchés.

Dieu merci. Elle échapperait donc à la demi-heure de récréation, de jeu, d'histoires à raconter,

and kiss-goodnight that customarily concluded her children's day; she may not have been an affectionate mother, but she was a dutiful one — just as her own mother had been. It was seven o'clock, and her husband had phoned to say he would be home at seven-thirty; at eight they were supposed to go to a dinner party with the Sylvester Hales, friends from San Francisco. She bathed, scented herself to remove memories of Dr Bentsen, remodelled her make-up, of which she wore the most modest quantity, and changed into a grey silk caftan and grey silk slippers with pearl buckles.

She was posing by the fireplace in the library on the second floor when she heard her husband's footsteps on the stairs. It was a graceful pose, inviting as the room itself, an unusual octagonal room with cinnamon lacquered walls, a yellow lacquered floor, brass bookshelves (a notion borrowed from Billy Baldwin), two huge bushes of brown orchids ensconced in yellow Chinese vases, a Marino Marini horse standing in a corner, a South Seas Gauguin over the mantel, and a delicate fire fluttering in the fireplace. French windows offered a view of a darkened garden, drifting snow, and lighted tugboats floating like lanterns on the East River. A voluptuous couch, upholstered on mocha velvet, faced the fireplace, and in front of it,

de baisers du soir qui concluaient de coutume les journées de ses enfants; peut-être n'avait-elle pas été une tendre mère, mais elle avait le sens du devoir — comme l'avait eu sa propre mère. Il était sept heures et son mari avait téléphoné pour dire qu'il serait rentré à sept heures et demie; à huit, ils étaient censés se rendre à un dîner avec les Sylvester Hale, des amis de San Francisco. Elle prit un bain, se parfuma pour effacer le souvenir du docteur Bentsen, rectifia son maquillage qu'elle appliquait avec le maximum de discrétion et passa un cafetan de soie grise et des escarpins de soie grise avec des boucles de perles.

Elle se tenait debout près de la cheminée dans la bibliothèque au premier étage lorsqu'elle entendit le pas de son mari dans l'escalier. Sa pose était gracieuse, aussi attrayante que la pièce elle-même, une pièce octogonale de forme inhabituelle avec des murs laqués couleur cannelle, un sol laqué jaune, des étagères de cuivre (une idée empruntée à Billy Baldwin), deux énormes gerbes d'orchidées brunes, un cheval de Marino Marini dressé dans un coin, un Gauguin des mers du Sud au-dessus de la cheminée et un feu de bois délicat qui palpitait dans l'âtre. Les portes-fenêtres offraient la perspective d'un jardin plongé dans l'ombre, de la neige déviée par le vent, et des remorqueurs illuminés qui flottaient comme des lanternes sur East River. Un canapé voluptueux, tapissé de velours café, était disposé en face du feu et, devant,

on a table lacquered the yellow of the floor, rested an ice-filled silver bucket; embedded in the bucket was a carafe brimming with pepper-flavoured red Russian vodka.

Her husband hesitated in the doorway, and nodded at her approvingly: he was one of those men who truly noticed a woman's appearance, gathered at a glance the total atmosphere. He was worth dressing for, and it was one of her lesser reasons for loving him. A more important reason was that he resembled her father, a man who had been, and forever would be, the man in her life; her father had shot himself, though no one ever knew why, for he was a gentleman of almost abnormal discretion. Before this happened, she had terminated three engagements but two months after her father's death she met George, and married him because in both looks and manners he approximated her great lost love.

She moved across the room to meet her husband halfway. She kissed his cheek, and the flesh against her lips felt as cold as the snowflakes at the window. He was a large man, Irish, black-haired and green-eyed, handsome even though he had lately accumulated considerable poundage and had gotten a bit jowly, too. He projected a superficial vitality;

sur une table laquée du même jaune que le sol, se trouvait un seau d'argent contenant de la glace. Au milieu du seau était plantée une carafe pleine à ras bord de vodka russe parfumée au poivre.

Son mari hésita sur le seuil et la considéra avec un hochement de tête approbateur ; c'était un de ces hommes réellement sensibles à l'apparence d'une femme et capables d'apprécier, de rendre justice d'un seul coup d'œil à une atmosphère. Il méritait qu'on s'habillât pour lui et c'était l'une des moindres raisons qu'avait sa femme de l'aimer. Raison plus importante, il ressemblait à son père, un homme qui avait été et resterait à jamais l'homme de sa vie ; son père s'était tué d'un coup de pistolet et personne n'avait jamais su pourquoi, car c'était un gentleman d'une discrétion presque anormale. Avant qu'il accomplît ce geste, elle avait à trois reprises rompu des fiançailles mais, deux mois après la mort de son père, elle avait rencontré George et l'avait épousé parce qu'à la fois par l'allure et les manières il se rapprochait de son grand amour perdu.

Elle s'avança dans la pièce pour rencontrer son mari à mi-chemin. Elle l'embrassa sur la joue, et la chair, sous ses lèvres, lui parut aussi froide que les flocons de neige à la fenêtre. C'était un homme de haute taille, irlandais, aux cheveux noirs et aux yeux verts, toujours beau bien qu'il eût pris récemment beaucoup de poids et que son visage se fût empâté. Une vitalité superficielle émanait de lui ;

both men and women were drawn to him by that alone. Closely observed, however, one sensed a secret fatigue, a lack of any real optimism. His wife was severely aware of it, and why not? She was its principal cause.

She said: "It's such a rotten night out, and you look so tired. Let's stay home and have supper by the fire."

"Really, darling — you wouldn't mind? It seems a mean thing to do to the Haleses. Even if she is a cunt."

"*George!* Don't use that word. You know I hate it."

"Sorry," he said; he was, too. He was always careful not to offend her, just as she took the same care with him: a consequence of the quiet that simultaneously kept them together and apart.

"I'll call and say you're coming down with a cold."

"Well, it won't be a lie. I think I am."

While she called the Hales, and arranged with Anna for a soup and soufflé supper to be served in an hour's time, he chugalugged a dazzling dose of the scarlet vodka and felt it light a fire in his stomach; before his wife returned,

« Bientôt, les amoureux de la musique s'assemblent, caméléons pourpres, verts, lavande, un public qui, aligné sur le carrelage de la galerie, évoque une combinaison écrite de notes de musique. Une mosaïque mozartienne. »

1 Truman Capote dans son appartement de Brooklyn Heights, New York, janvier 1958, photographie de Slim Aarons.

2 L'écrivain en mars 1948, photographie de Carl Van Vechten.

3 Intérieur d'une maison à La Nouvelle-Orléans, années 1920.

4 Une rue de Fort-de-France, Martinique, au début du XXe siècle.

3

« Nous sommes assis sur la galerie de sa maison, une maison aérée, élégante, qui semble faite de dentelle de bois : elle me rappelle certaines vieilles maisons de La Nouvelle-Orléans. Nous buvons du thé à la menthe glacé, légèrement parfumé d'absinthe. »

4

5
6

« Elle était riche ; du moins, elle recevait une pension substantielle de son mari qui était riche et elle pouvait donc payer le loyer du studio où elle rencontrait en secret son amant, peut-être une fois par semaine, parfois deux, jamais plus. »

5 Max Ferguson, *New York Nocturne*, 2004, Collection particulière.

6 *Lisette derrière une vitre cannelée*, vers 1943, photographie d'Erwin Blumenfeld.

7 Croquis d'un panneau représentant un aveugle, dessin anonyme.
Musée national de la Coopération franco-américaine, Blérancourt.

« Le mois dernier, il y a vingt-six jours, ma sœur montait son petit déjeuner à M. Jones, comme d'habitude. Il n'était pas là. Toutes ses affaires étaient dans sa chambre. Mais il était parti. »

« J'aime beaucoup les oiseaux. Je me sens si coupable de ne pas leur jeter des miettes pendant l'hiver. Mais je ne peux pas les faire venir autour de la maison. À cause des chats. Aimez-vous les chats ? »

8 *Moi+chat*, 1932, photomontage de Wanda Wulz. Musée de l'Histoire de la photographie, Fratelli Alinari, Florence.

9 Chat s'échappant d'un frigidaire, 1991, photographie de Chien-Chi Chang.

« C'étaient des gens qui travaillaient dur, les Carter. Jennings, aidé de quelques ouvriers agricoles, cultivait sa terre avec une charrue attelée à un cheval. Quant à sa femme, ses tâches étaient illimitées. »

10

10 Fermier regardant ses champs, Alabama, février 1937, photographie d'Arthur Rothstein.

11 La famille d'un fermier, Alabama, vers 1939.

11

12 Truman Capote chez lui à New York en 1980.

Crédits photographiques

1 Getty Images/Slim Aarons. 2 Library of Congress/Carl Van Vechten/Droits Réservés. 3 Corbis/E.O. Hoppé. 4 Roger-Viollet/LAPI. 5, 8 Bridgeman Giraudon. 6 Photo CNAC/MNAM Dist. RMN/Ph. Migeat. 7 RMN/Gérard Blot. 9 Magnum Photos/ Chien-Chi Chang. 10 Corbis/Arthur Rothstein. 11 Library of Congress/Marion Post Wolcott/Droits Réservés. 12 Gamma/Camera Press/Hendrik-Jan Prand.

hommes et femmes étaient également attirés vers lui par ce seul fait. En l'observant de près, cependant, on sentait chez lui une lassitude secrète, un manque d'optimisme véritable. Sa femme en était péniblement consciente et pourquoi pas ? Elle en était la cause essentielle.

« Il fait un temps de chien ce soir, dit-elle, et tu as l'air si fatigué. Restons à la maison et dînons près du feu.

— Vraiment chérie, ça ne te ferait rien ? C'est un sale coup à faire aux Hale. Même si c'est une conasse.

— *George !* Ne dis pas ce mot-là. Tu sais que je déteste ça.

— Désolé », répondit-il ; et il l'était. Il veillait toujours à ne pas l'offenser, tout comme elle prenait les mêmes précautions avec lui : une conséquence de cette quiétude qui, simultanément, les maintenait ensemble et séparés.

« Je vais leur téléphoner et dire que tu es rentré avec un gros rhume.

— Au fond, ce ne sera pas un mensonge, je crois bien en avoir attrapé un. »

Tandis qu'elle appelait les Hale et convenait avec Anna d'un dîner composé d'un potage et d'un soufflé qui serait servi dans une heure, il siffla une étincelante lampée de la vodka vermeille et sentit le feu qu'elle lui allumait dans l'estomac ; avant le retour de sa femme,

he poured himself a respectable shot and stretched full length on the couch. She knelt on the floor and removed his shoes and began to massage his feet: God knows, *he* didn't have hairy heels.

He groaned. "Hmm. That feels good."

"I love you, George."

"I love you, too."

She thought of putting on a record, but no, the sound of the fire was all the room needed.

"George?"

"Yes, darling."

"What are you thinking about?"

"A woman named Ivory Hunter."

"You really know somebody named Ivory Hunter?"

"Well. That was her stage name. She'd been a burlesque dancer."

She laughed. "What is this, some part of your college adventures?"

"I never knew her. I only heard about her once. It was the summer after I left Yale."

He closed his eyes and drained his vodka. "The summer I hitch-hiked out to New Mexico and California. Remember? That's how I got my nose broke. In a bar fight in Needles, California." She liked his broken nose, it offset the extreme gentleness of his face;

il se versa à nouveau une dose respectable et s'étendit de tout son long sur le canapé. Elle s'agenouilla sur le sol, lui ôta ses souliers et se mit à lui masser les pieds. Seigneur, il n'avait pas les talons velus, lui.

Il grogna : « Hum. Ça fait du bien.

— Je t'aime, George.

— Je t'aime aussi. »

Elle songea à mettre un disque mais, non, le pétillement du feu suffisait à la pièce.

« George ?

— Oui, chérie.

— À quoi penses-tu ?

— À une femme nommée Ivory Hunter.

— Tu connais vraiment quelqu'un qui s'appelle Ivory Hunter ?

— Eh bien, c'était son nom de théâtre. Elle était danseuse de music-hall. »

Elle eut un petit rire. « De quoi parles-tu ? D'un intermède de tes aventures d'étudiant ?

— Je ne l'ai jamais rencontrée. J'ai seulement entendu parler d'elle une fois. C'était l'été, après ma sortie de Yale. »

Il ferma les yeux et vida sa vodka. « L'été où je suis allé en stop jusqu'au Nouveau-Mexique et en Californie. Tu te souviens ? C'est comme ça que j'ai eu le nez cassé. Au cours d'une bagarre dans un bar à Needles, en Californie. » Elle aimait son nez cassé, il corrigeait l'extrême douceur de son visage ;

he had once spoken of having it rebroken and reset, but she had talked him out of it. "It was early September, and that's always the hottest time of the year in Southern California; over a hundred almost every day. I ought to have treated myself to a bus ride, at least across the desert. But there I was like a fool, deep in the Mojave, hauling a fifty-pound knapsack and sweating until there was no sweat in me. I swear it was a hundred and fifty in the shade. Except there wasn't any shade. Nothing but sand and mesquite and this boiling blue sky. Once a big truck drove by, but it wouldn't stop for me. All it did was kill a rattlesnake that was crawling across the road.

"I kept thinking something was bound to turn up somewhere. A garage. Now and then cars passed, but I might as well have been invisible. I began to feel sorry for myself, to understand what it means to be helpless, and to understand why it's a good thing that Buddhists send out their young monks to beg. It's chastening. It rips off that last layer of baby fat.

"And then I met Mr Schmidt. I thought maybe it was a mirage. An old white-haired man about a quarter-mile up the highway. He was standing by the road with heatwaves rippling around him.

il avait parlé une fois de le faire recasser et redresser, mais elle le lui avait déconseillé. « C'était au début de septembre, et c'est toujours la période la plus chaude de l'année dans le sud de la Californie ; près de quarante degrés tous les jours. J'aurais dû m'offrir le trajet en autocar, au moins pour traverser le désert. Mais j'étais là, comme un idiot, au fin fond du Mojave, traînant un sac à dos de vingt kilos et transpirant jusqu'à ma dernière goutte de sueur. Je suis prêt à jurer qu'il faisait soixante à l'ombre, sauf qu'il n'y avait pas la moindre trace d'ombre. Rien que le sable, les buissons de mesquite et ce ciel bleu torride. À un moment, un gros camion est passé mais sans s'arrêter pour moi. Il a simplement écrasé un crotale qui rampait sur la route.

« Je persistais à croire qu'il finirait bien par se présenter quelque chose quelque part. Un garage... De temps en temps passaient des voitures, mais j'aurais aussi bien pu être invisible. Je commençais à me faire de la bile, à comprendre ce que ça voulait dire d'être en perdition, à comprendre aussi que les bouddhistes ont raison d'envoyer mendier leurs jeunes novices. C'est une dure école qui vous fait fondre la dernière couche de lard de l'enfance.

« Et alors, j'ai rencontré M. Schmidt. J'ai pensé que c'était peut-être un mirage. Un vieil homme à cheveux blancs à quatre cents mètres de moi environ sur la route. Il se tenait sur le bas-côté avec les ondes de chaleur qui tremblaient autour de lui.

As I got closer I saw that he carried a cane and wore pitch-black glasses, and he was dressed as if headed for church — white suit, white shirt, black tie, black shoes.

"Without looking at me, and while some distance away, he called out: 'My name is George Schmidt.'

"I said: 'Yes. Good afternoon, sir.'

"He said: '*Is* it afternoon?'

"'After three.'

"'Then I must have been standing here two hours or more. Would you mind telling me where I am?'

"'In the Mojave Desert. About eighteen miles west of Needles.'

"'Imagine that,' he said. 'Leaving a seventy-year-old blind man stranded alone in the desert. Ten dollars in my pocket, and not another rag to my name. Women are like flies: they settle on sugar or shit. I'm not saying I'm sugar, but she's sure settled for shit now. My name is George Schmidt.'

"I said: 'Yes, sir, you told me, I'm George Whitelaw.' He wanted to know where I was going, what I was up to, and when I said I was hitch-hiking, heading for New York, he asked if I would take his hand and help him along a bit, maybe until we could catch a ride.

En m'approchant, j'ai vu qu'il tenait une canne ; il portait des lunettes noires et il était habillé comme s'il allait à l'église — costume blanc, chemise blanche, cravate noire, souliers noirs.

« Sans me regarder, et à une certaine distance, il a lancé à voix haute : "Je m'appelle George Schmidt."

« J'ai répondu : "Oui. Bon après-midi, monsieur."

« Il a demandé : "Ah, *c'est* l'après-midi ?

« — Trois heures passées.

« — Alors, il y a bien deux heures ou plus que je suis planté là. Pourriez-vous me dire où je suis ?

« — Dans le désert de Mojave. À environ vingt-cinq kilomètres de Needles.

« — Vous vous rendez compte, a-t-il dit. Abandonner un vieil aveugle de soixante-dix ans en plein désert. Dix dollars dans ma poche et pas un poil de plus à mon nom. Les femmes sont comme les mouches ; elles se posent sur le sucre ou la merde. Je ne dis pas que je suis du sucre, mais elle s'est sûrement posée sur la merde maintenant. Je m'appelle George Schmidt. »

« J'ai répondu : "Oui, monsieur. Vous me l'avez dit. Moi je suis George Whitelaw." Il voulait savoir où j'allais, ce que je fabriquais là et quand je lui ai expliqué que je faisais du stop pour me rendre à New York, il m'a demandé si je voulais bien lui prendre la main et l'aider à avancer un peu, peut-être jusqu'à ce que nous trouvions une voiture.

I forgot to mention that he had a German accent and was extremely stout, almost fat; he looked as if he'd been lying in a hammock all his life. But when I held his hand I felt the roughness, the immense strength of it. You wouldn't have wanted a pair of hands like that around your throat. He said: 'Yes, I have strong hands. I've worked as a masseur for fifty years, the last twelve in Palm Springs. You got any water?' I gave him my canteen, which was still half-full. And he said: 'She left me here without even a drop of water. The whole thing took me by surprise. Though I can't say it should have, knowing Ivory good as I did. That's my wife. Ivory Hunter, she was. A stripper; she played the Chicago World's Fair, 1932, and she would have been a star if it hadn't been for that Sally Rand. Ivory invented this fan-dance thing and that Rand woman stole it off her. So Ivory said. Probably just more of her bullshit. Uh-oh, watch out for that rattler, he's over there someplace, I can hear him really singing. There's two things I'm scared of. Snakes and women. They have a lot in common. One thing they have in common is: the last thing that dies is their tail.'

"A couple of cars passed and I stuck out my thumb and the old man tried to flag them down with his stick,

J'oubliais de mentionner qu'il avait l'accent allemand et qu'il était très corpulent, presque gras ; il donnait l'impression d'avoir passé toute sa vie dans un hamac. Mais quand je lui ai pris la main j'en ai tout de suite senti la rugosité, la vigueur considérable. On n'aurait pas voulu avoir deux mains comme ça autour de la gorge. Il a dit : “Oui, j'ai les mains très fortes. J'ai travaillé comme masseur pendant cinquante ans, les douze dernières années à Palm Springs. Vous n'auriez pas un peu d'eau ?” Je lui tendis ma gourde encore à demi-pleine. Et il me dit : “Elle m'a planté là sans même une goutte d'eau. Je me suis fait posséder sur toute la ligne. Pourtant, je n'aurais pas dû, connaissant Ivory comme je la connais. C'est ma femme. Ivory Hunter, elle s'appelait. Une effeuilleuse : elle faisait son numéro à la Foire universelle de Chicago en 1932 et elle serait devenue une star sans cette Sally Rand. Ivory avait inventé le truc de la danse à l'éventail et cette fille Rand lui a volé l'idée. C'est ce que disait Ivory, du moins. Sans doute un autre de ses bobards, rien de plus. Eh, oh, attention à ce crotale, il ne doit pas être loin, je l'entends chanter d'ici. Il y a deux choses dont j'ai peur : les serpents et les femmes. Ils ont beaucoup de choses en commun ces deux-là. Et une chose, entre autres : ce qui meurt en dernier chez l'un comme chez l'autre, c'est l'arrière-train.”

« Deux ou trois voitures ont passé ; j'ai dressé le pouce et le vieux a essayé de les arrêter avec sa canne,

but we must have looked too peculiar — a dirty kid in dungarees and a blind fat man dressed in his city best. I guess we'd still be out there if it hadn't been for this truck driver. A Mexican. He was parked by the road fixing a flat. He could speak about five words of Tex-Mex, all of the four-letter, but I still remembered a lot of Spanish from the summer with Uncle Alvin in Cuba. So the Mexican told me he was on his way to El Paso, and if that was our direction, we were welcome aboard.

"But Mr Schmidt wasn't too keen. I had practically to drag him into the caboose. 'I hate Mexicans. Never met a Mexican I liked. If it wasn't for a Mexican... Him only nineteen and her I'd say from the touch of her skin, I'd say Ivory was a woman way past sixty. When I married her a couple of years ago, she said she was fifty-two. See, I was living in this trailer camp out on Route 111. One of those trailer camps halfway between Palm Springs and Cathedral City. Cathedral City! Some name for a dump that's nothing but honky-tonks and pool halls and fag bars. The only thing you can say about it is Bing Crosby lives there. If that's saying something. Anyway, living next to me in this other trailer is my friend Hulga.

mais nous devions avoir l'air trop bizarres — un gamin crasseux en jeans et un gros aveugle endimanché. Je crois qu'on serait encore là-bas sans ce chauffeur de camion. Un Mexicain. Il était garé au bord de la route en train de réparer une crevaison. Il ne savait que cinq ou six mots de tex-mex, tous des mots de quatre lettres mais je me souvenais encore de ce que j'avais appris d'espagnol l'été où l'oncle Alvin m'avait emmené à Cuba. Donc, le Mexicain m'a dit qu'il allait à El Paso et que si c'était notre direction, il voulait bien nous prendre.

« Mais M. Schmidt n'était pas tellement chaud. J'ai dû pratiquement le hisser dans le bahut. “Les Mexicains, je les déteste. Jamais j'en ai rencontré un de buvable. S'il ne s'était pas agi d'un Mexicain... Lui qu'avait tout juste dix-neuf ans et elle, d'après moi, au contact de sa peau, d'après moi, Ivory, elle avait largement passé les soixante piges. Quand je l'ai épousée, il y a deux ans de ça, elle m'a dit qu'elle en avait cinquante-deux. Je vivais dans le camp de caravaning sur la Nationale 111, vous voyez ça. Un de ces camps à mi-chemin entre Palm Springs et Cathedral City, Cathedral City ! Vous parlez d'un nom pour un trou où il n'y a rien que des beuglants, des salles de billard et des bars de pédales. Tout ce qu'on peut dire de ce bled-là, c'est que Bing Crosby y habite. Et encore, si ça veut dire quelque chose. Toujours est-il qu'à côté de moi dans cette autre caravane, y avait ma copine Hulga.

Ever since my wife died — she died the same day Hitler died — Hulga had been driving me to work; she works as a waitress at this Jew club where I'm the masseur. All the waiters and waitresses at the club are big blond Germans. The Jews like that; they really keep them stepping. So one day Hulga tells me she has a cousin coming to visit. Ivory Hunter. I forget her legal name, it was on the marriage certificate, but I forget. She had about three husbands before; she probably didn't remember the name she was born with. Anyway, Hulga tells me that this cousin of hers, Ivory, used to be a famous dancer, but now she's just come out of the hospital and she's lost her last husband on account of she's spent a year in the hospital with TB. That's why Hulga asked her out to Palm Springs. Because of the air. Also, she didn't have any place else to go. The first night she was there, Hulga invited me over, and I liked her cousin right away; we didn't talk much, we listened to the radio mostly, but I liked Ivory. She had a real nice voice, real slow and gentle, she sounded like nurses ought to sound; she said she didn't smoke or drink and she was a member of the Church of God, same as me. After that, I was over at Hulga's almost every night.'"

Depuis la mort de ma femme — elle est morte le même jour que Hitler — Hulga m'avait conduit au boulot : elle travaille comme serveuse dans ce club juif où je suis masseur. Tous les serveurs et les serveuses du club sont de grands Allemands blonds. Ça leur plaît bien, aux Juifs : on peut dire qu'ils les font cavaler. Donc, un jour, Hulga me dit qu'elle a une cousine qui vient la voir. Ivory Hunter. J'ai oublié son vrai nom. C'était sur le certificat de mariage mais j'ai oublié. Elle avait eu trois maris avant, je crois bien; probable qu'elle ne se rappelait pas elle-même son nom de naissance. Toujours est-il que Hulga me dit que sa cousine, Ivory, était dans le temps une danseuse célèbre, mais maintenant elle vient tout juste de sortir de l'hôpital et elle a perdu son dernier mari du fait qu'elle a passé un an à l'hôpital comme tubarde. Et c'est pour ça que Hulga lui a proposé de venir à Palm Springs. À cause de l'air. Et puis, aussi, elle n'avait pas d'autre endroit où aller. Le premier soir qu'elle était là, Hulga m'a invité et la cousine m'a plu tout de suite; on n'a pas beaucoup parlé. On a surtout écouté la radio, mais elle me plaisait bien, Ivory. Elle avait vraiment une jolie voix, douce et lente, elle parlait comme devaient parler les infirmières; elle a dit qu'elle ne fumait pas, qu'elle ne buvait pas et qu'elle était membre de l'Église de Dieu, tout comme moi. Après ça, je suis allé chez Hulga presque tous les soirs." »

George lit a cigarette, and his wife tilted out a jigger more of the pepper vodka for him. To her surprise, she poured one for herself. A number of things about her husband's narrative had accelerated her ever-present but usually Librium-subdued anxiety; she couldn't imagine where his memoir was leading, but she knew there was some destination, for George seldom rambled. He had graduated third in his class at Yale Law School, never practised law but had gone on to top his class at Harvard Business School; within the past decade he had been offered a presidential Cabinet post, and an ambassadorship to England or France or wherever he wanted. However, what had made her feel the need for red vodka, a ruby bauble burning in the firelight, was the disquieting manner in which George Whitelaw had become Mr Schmidt; her husband was an exceptional mimic. He could imitate certain of their friends with infuriating accuracy. But this was not casual mimicry; he seemed entranced, a man fixed on another man's mind.

"'I had an old Chevy nobody had driven since my wife died. But Ivory got it tuned up, and pretty soon it wasn't Hulga driving me to work and bringing me home, but Ivory.

George alluma une cigarette et sa femme lui servit un rabiot de vodka au poivre. À sa propre surprise, elle se versa un fond de verre pour elle-même. Divers détails dans le récit de son mari avaient accentué son anxiété omniprésente mais généralement tempérée au librium ; elle ne pouvait s'imaginer où sa mémoire l'entraînait, mais elle le savait en route vers une destination quelconque car George allait rarement au hasard. Il avait fini troisième ses études de droit à Yale, n'avait jamais exercé le métier d'avocat mais était sorti major de la Harvard Business School ; au cours de la dernière décennie, on lui avait offert un poste de directeur de cabinet et une ambassade en Angleterre ou en France, bref où il voulait. Toutefois, ce qui lui avait inspiré le besoin de boire cette vodka rouge, rubis de verroterie rutilant au feu de bois, c'était la façon alarmante dont George Whitelaw était devenu M. Schmidt ; son mari avait un don d'imitation exceptionnel. Il pouvait contrefaire certains de leurs amis avec une précision exaspérante. Mais, cette fois, son imitation n'avait rien de fortuit ; il paraissait comme en transe, un homme ancré dans l'esprit d'un autre.

« "J'avais une vieille Chevrolet que personne n'avait conduite depuis la mort de ma femme. Mais Ivory l'a fait retaper et, en un rien de temps, ce n'était plus Hulga qui me conduisait au boulot et me ramenait, mais Ivory.

Looking back, I can see it was all a plot between Hulga and Ivory, but I didn't put it together then. Everybody around the trailer park, and everybody that met her, all they said was what a lovely woman she was, big blue eyes and pretty legs. I figured it was just good-heartedness, the Church of God — I figured that was why she was spending her evenings cooking dinner and keeping house for an old blind man. One night we were listening to the *Hit Parade* on the radio, and she kissed me and rubbed her hand along my leg. Pretty soon we were doing it twice a day — once before breakfast and once after dinner, and me a man of sixty-nine. But it seemed like she was as crazy about my cock as I was about her cunt —'"

She tossed her vodka into the fireplace, a splash that made the flames hiss and flourish; but it was an idle protest: Mr Schmidt would not be reproached.

"'Yes, sir, Ivory was all cunt. Whatever way you want to use the word. It was exactly one month from the day I met her to the day I married her. She didn't change much, she fed me good, she was always interested to hear about the Jews at the club, and it was me that cut down on the sex — *way* down, what with my blood pressure and all.

En y repensant, je me rends compte que tout ça, c'était combiné entre Hulga et Ivory mais, sur le moment, j'ai pas fait le rapprochement. Tous les gens, dans le parking de roulottes, tous ceux qui l'avaient rencontrée, tous ils répétaient comme elle était belle avec ses grands yeux bleus et ses jolies jambes. Je me disais que ça prouvait son bon cœur, l'Église de Dieu ; je me disais que c'était pour ça qu'elle passait ses soirées à cuisiner et à tenir la maison pour un vieil aveugle. Un soir, on écoutait le *Hit Parade* à la radio et elle m'a embrassé et passé la main sur la jambe. Ça n'a pas traîné. Quelque temps après, on faisait la chose deux fois par jour — une fois avant le petit déjeuner et une autre après le dîner... moi, un bonhomme de soixante-neuf ans. Mais on aurait dit qu'elle était aussi portée sur ma bite que moi sur sa chatte..." »

Elle jeta sa vodka sur le feu, une aspersion qui fit siffler et jaillir en gerbe les flammes ; mais c'était une protestation vaine ; on ne pouvait rien reprocher à M. Schmidt.

« "Oui, mon vieux, Ivory, c'était la chatte en folie. Comprenez ce mot-là comme vous voudrez. Et c'est tout juste un mois après l'avoir rencontrée que je l'ai épousée. Elle n'a pas tellement changé après ça : elle me faisait toujours de la bonne tambouille, les histoires des Juifs au club l'intéressaient toujours et c'est moi qui ai baissé le régime pour la bagatelle — j'ai mis la veilleuse avec ma tension et tout ça.

But she never complained. We read the Bible together, and night after night she would read aloud from magazines, good magazines like *Reader's Digest* and *The Saturday Evening Post,* until I fell asleep. She was always saying she hoped she died before I did because she would be heartbroken and destitute. It was true I didn't have much to leave. No insurance, just some bank-savings that I turned into a joint account, and I had the trailer put in her name. No, I can't say there was a harsh word between us until she had the big fight with Hulga.

"'For a long time I didn't know what the fight was about. All I knew was that they didn't speak to each other any more, and when I asked Ivory what was going on, she said: 'Nothing.' As far as she was concerned, she hadn't had any falling-out with Hulga: 'But you know how much she drinks.' That was true. Well, like I told you, Hulga was a waitress at the club, and one day she comes barging into the massage room. I had a customer on the table, had him there spread out buck-naked, but a lot she cared — she smelled like a Four Roses factory. She could hardly stand up. She told me she had just got fired, and suddenly she started swearing and pissing. She was hollering at me and pissing all over the floor. She said everybody at the trailer park was laughing at me.

Mais jamais elle ne s'est plainte. On lisait la Bible ensemble et, tous les soirs, elle me faisait la lecture des bons magazines comme le *Reader's Digest* ou le *Saturday Evening Post* jusqu'à ce que je sois endormi. Elle disait toujours qu'elle espérait mourir avant moi parce que autrement elle se serait retrouvée dans la dèche, le cœur brisé. C'était vrai que je n'avais pas grand-chose à laisser. Pas d'assurance. Juste quelques économies que j'avais placées sur un compte commun et j'ai mis la roulotte à son nom. Non, je ne peux pas dire qu'il y ait eu un mot plus haut que l'autre jusqu'à sa grande bagarre avec Hulga.

« "Pendant longtemps, je n'ai pas su pourquoi elles se chamaillaient. Tout ce que je savais, c'est qu'elles ne se parlaient plus et quand j'ai demandé à Ivory de quoi il retournait, elle m'a répondu : 'C'est rien.' Pour sa part, elle n'avait eu aucun démêlé avec Hulga. 'Mais tu sais comme elle boit.' Et c'était vrai. Enfin, je vous l'ai déjà dit, Hulga était serveuse au club et, un jour, voilà qu'elle rapplique dans la salle de massage. J'avais un client sur la table ; il était étalé là, à poil, mais elle s'en fichait bien — elle puait autant qu'une fabrique de whisky. Tout juste si elle tenait debout. Elle me dit qu'elle venait de se faire virer et tout à coup, elle s'est mise à jurer et à pisser. Elle me braillait sous le nez et elle pissait partout sur le plancher. Elle a dit que tout le monde dans le parc à remorques se fichait de moi,

She said Ivory was an old whore who had latched on to me because she was down and out and couldn't do any better. And she said what kind of a chowderhead was I? Didn't I know my wife was fucking the balls off Freddy Feo since God knows when?"

"'Now, see, Freddy Feo was an itinerant Tex-Mex kid — he was just out of jail somewhere, and the manager of the trailer park had picked him up in one of those fag bars in Cat City and put him to work as a handyman. I don't guess he could have been one-hundred-per cent fag because he was giving plenty of the old girls around there a tickle for their money. One of them was Hulga. She was loop-de-do over him. On hot nights him and Hulga used to sit outside her trailer on her swing-seat drinking straight tequila, forget the lime, and he'd play the guitar and sing spic songs. Ivory described it to me as a green guitar with his name spelled out in rhinestone letters. I'll say this, the spic could sing. But Ivory always claimed she couldn't stand him; she said he was a cheap little greaser out to take Hulga for ever nickel she had. Myself, I don't remember exchanging ten words with him, but I didn't like him because of the way he smelled. I have a nose like a bloodhound and I could smell him a hundred yards off, he wore so much brilliantine in his hair,

qu'Ivory était une vieille pute qui m'avait mis le grappin dessus parce qu'elle était dans la panade, et qu'elle ne trouvait pas mieux. Et elle a dit que j'en avais une sacrée couche. Est-ce que je savais pas que ma femme tirait sa crampe avec Freddy Feo depuis Dieu sait quand ?

« "Il faut vous dire que Freddy Feo était un vagabond tex-mex — un gamin tout juste sorti de taule, et le gérant du parking l'avait ramassé dans un de ces bars de pédales de Cat City et l'avait engagé comme manœuvre. Pour moi, il ne devait pas être cent pour cent pédé parce que, question bagatelle, il en donnait largement pour leur fric aux nanas du coin. Hulga en faisait partie. Elle en était dingue, de ce type. Par les nuits chaudes, Hulga et lui s'installaient devant sa caravane dans la balancelle, à siffler de la tequila pure sans citron ni rien, et il grattait sa guitare en chantant des airs espingouins. Ivory m'avait raconté que c'était une guitare verte avec son nom écrit dessus en clinquant. Ça, il faut le dire, pour pousser la chansonnette, il en tâtait, l'Espingouin. Mais Ivory disait toujours qu'elle ne pouvait pas l'encadrer ; elle disait que c'était un petit mecton minable, bien décidé à plumer Hulga jusqu'au dernier centime. Pour moi, je crois que je n'ai jamais échangé plus de dix mots avec lui, mais je ne l'aimais pas à cause de son odeur. J'ai un vrai flair de chien courant et je le sentais bien à cent mètres, tellement ses cheveux étaient brillantinés,

and something else that Ivory said was called Evening in Paris.

"'Ivory swore up and down it wasn't so. Her? *Her* let a Tex-Mex monkey like Freddy Feo put a finger on her? She said it was because Hulga had been dumped by this kid that she was crazy and jealous and thought he was humping everything from Cat City to Indio. She said she was insulted that I'd listen to such lies, even though Hulga was more to be pitied than reviled. And she took off the wedding ring I'd given her — it had belonged to my first wife, but she said that didn't make any difference because she knew I'd loved Hedda and that made it all the better — and she handed it to me and she said if I didn't believe her, then here was the ring and she'd taken the next bus going anywhere. So I put it back on her finger and we knelt on the floor and prayed together.

"'I did believe her; at least I thought I did; but in some way it was like a see-saw in my head — yes, no, yes, no. And Ivory had lost her looseness; before she had an easiness in her body that was like the easiness in her voice. But now it was all wire — tense, like those Jews at the club that keep whining and scolding because you can't rub away all their worries. Hulga got a job at the Miramar,

sans parler d'un autre truc qui, d'après Ivory, s'appelait Soir de Paris.

« "Ivory a juré sur tous les tons que c'était pas vrai. Elle ? *Elle* laisser un macaque de Tex-Mex comme Freddy Feo lui poser la patte dessus ? Elle a dit que si Hulga était folle de jalousie, c'était parce que le gamin l'avait laissée tomber et qu'elle s'imaginait qu'il sautait toutes les filles, de Cat City à Indio. Elle a dit qu'elle se sentait insultée que j'écoute des mensonges pareils, qu'il fallait plutôt plaindre Hulga que la mépriser. Et elle a ôté l'alliance que je lui avais donnée — elle avait appartenu à ma première femme, mais elle a dit que c'était sans importance parce qu'elle savait que j'avais aimé Hedda et ça n'en valait que mieux, et elle me l'a donnée en me disant que si je ne la croyais pas, alors je pouvais la reprendre, cette bague, et qu'elle prendrait le prochain autocar pour n'importe où... Alors, je lui ai remis l'alliance au doigt et on s'est mis à genoux par terre pour prier ensemble.

« "Je la croyais ou, du moins, c'était tout comme, mais dans un sens, j'avais une espèce de balance dans la tête — oui, non, oui, non. Et Ivory avait perdu sa décontraction ; avant, elle avait quelque chose de détendu dans le corps comme dans la voix. Mais depuis, elle était raide comme un fil de fer — crispée —, comme ces Juifs, au club, qui n'arrêtent pas de gémir et de rouspéter parce qu'on n'arrive pas à les débarrasser de tous leurs soucis. Hulga s'était trouvé un boulot au Miramar,

but out at the trailer park I always turned away when I smelled her coming. Once she sort of whispered up beside me: 'Did you know that sweet wife of yours gave the greaser a pair of gold ear-rings! But his boyfriend won't let him wear them.' I don't know. Ivory prayed every night with me that the Lord would keep us together, healthy in spirit and body. But I noticed... Well, on those warm summer nights when Freddy Feo would be out there somewhere in the dark, singing and playing his guitar, she'd turn off the radio right in the middle of Bob Hope or Edgar Bergen or whatever, and go sit outside and listen. She said she was looking at the stars: 'I bet there's no place in the world you can see the stars like here.' But suddenly it turned out she hated Cat City and the Springs. The whole desert, the sandstorms, summers with temperatures up to a hundred thirty degrees, and nothing to do if you wasn't rich and belonged to the Racquet Club. She just announced this one morning. She said we should pick up the trailer and plant it down anywhere where the air was cool. Wisconsin. Michigan. I felt good about the idea; it set my mind to rest as to what might be going on between her and Freddy Feo.

"'Well, I had a client there at the club, a fellow from Detroit, and he said he might be able to get me on as a masseur at the Detroit Athletic Club; nothing definite,

mais dans notre parking, je me défilais toujours quand je la sentais venir. Une fois, elle m'a quand même glissé à l'oreille : 'Tu savais que ta petite femme chérie avait donné à la petite frappe une paire de boucles d'oreilles en or ! Mais son petit ami ne veut pas les lui laisser porter.' Ça me dépasse. Ivory priait tous les jours avec moi pour que le Seigneur nous garde ensemble sains de corps et d'esprit. Mais j'ai remarqué... Enfin, par ces nuits chaudes où Freddy Feo était là, à se prélasser dans le noir avec sa guitare et ses chansons, elle coupait la radio en plein milieu d'une émission de Bob Hope ou d'Edward Bergen pour aller s'asseoir dehors et écouter. Elle disait qu'elle écoutait les étoiles. 'Je parie qu'on ne voit nulle part les étoiles aussi bien que d'ici.' Mais, tout à coup, voilà qu'elle s'est mise à détester Cat City et Palm Springs. Tout le désert, les tempêtes de sable, les étés avec des températures de plus de cinquante, et rien à faire si on n'était pas plein aux as et qu'on n'appartenait pas au Racquet Club. Elle m'a annoncé ça un matin sans crier gare. Elle a dit qu'on devrait partir avec la caravane et aller la mettre n'importe où où l'air était frais. Le Wisconsin. Le Michigan. Son idée me plaisait bien, elle me tranquillisait un peu sur ce qui pouvait bien se passer entre elle et Freddy Feo.

« "Enfin, j'avais un client au club, un type de Detroit, et il m'a dit qu'il pourrait peut-être me faire entrer comme masseur au Detroit Athletic Club ; rien de certain,

only one of them maybe deals. But that was enough for Ivory. Twenty-three skidoo, and she's got the trailer uprooted, fifteen years of planting strewn all over the ground, the Chevy ready to roll, and all our savings turned into traveller's cheques. Last night she scrubbed me top to bottom and shampooed my hair, and this morning we set off a little after daylight.

"'I realised something was wrong, and I'd have known what it was if I hadn't dozed off soon as we hit the highway. She must have dumped sleeping pills in my coffee.

"'But when I woke up I smelled him. The brilliantine and the dime-store perfume. He was hiding in the trailer. Coiled back there somewhere like a snake. What I thought was: Ivory and the kid are going to kill me and leave me for the buzzards. She said, 'You're awake, George.' The way she said it, the slight fear, I could tell she knew what was going on in my head. That I'd guessed it all. I told her, *Stop the car.* She wanted to know what for? Because I had to take a leak. She stopped the car, and I could hear she was crying. As I got out, she said: "You been good to me, George, but I didn't know nothing else to do. And you got a profession. There'll always be a place for you somewhere."

"'I got out of the car, and I really did take a leak, and while I was standing there the motor started up and she drove away.

seulement une combine qui risquait de marcher. Mais Ivory n'en demandait pas plus. En deux temps trois mouvements, elle fait dégager la caravane, arracher quinze ans de plantations, la Chevrolet prête à rouler et toutes nos économies transformées en traveller's cheques. Hier soir, elle me récure du haut en bas, me lave les cheveux et, ce matin, on démarre un peu après le petit jour.

« "Je me suis rendu compte que quelque chose clochait et j'aurais compris ce qui se passait si je m'étais pas endormi à peine sur l'autoroute. Elle avait dû me coller des pilules dans mon café.

« "Mais, quand je me suis réveillé, je l'ai senti : la brillantine et le parfum de quatre sous. Il se planquait dans la caravane. Roulé là, derrière, au fond, comme un serpent. Et je me suis dit : Ivory et le gamin vont me tuer et me laisser sur place aux charognards. Elle a dit : 'T'es réveillé, George.' Le ton qu'elle avait, sa peur qu'on sentait. Sûr qu'elle se doutait de ce que j'avais dans la tête, que j'avais tout deviné. Alors, je lui ai dit : '*Arrête la bagnole.*' Elle a demandé pourquoi ? Parce que je voulais faire pipi. Elle a arrêté la voiture et je l'ai entendue qui pleurait. Comme je descendais, elle a dit : 'T'as toujours été gentil avec moi, George, mais je ne savais pas quoi faire d'autre. Et toi, tu as un métier. Tu trouveras toujours à te placer quelque part.'

« "Je suis sorti de l'auto et puis j'ai pissé un coup et, pendant que j'étais là, planté au bord de la route, j'ai entendu le moteur démarrer et elle est partie.

I didn't know where I was until you came along, Mr...?"

"'George Whitelaw.' And I told him: 'Jesus, that's just like murder. Leaving a blind man helpless in the middle of nowhere. When we get to El Paso we'll go to the police station.'

"He said: 'Hell, no. She's got enough trouble without the cops. She settled on shit — leave her to it. Ivory's the one out in nowhere. Besides, I love her. A woman can do you like that, and still you love her.'"

George refilled his vodka; she placed a small log on the fire; and the new rush of flame was only a little brighter than the furious red suddenly flushing her cheeks.

"That *women* do," she said, her tone aggressive, challenging. "Only a crazy person... Do you think I could do something like that?"

The expression in his eyes, a certain visual silence, shocked her and made her avert her eyes, withdrawing the question. "Well, what happened to him?"

"Mr Schmidt?"

"Mr Schmidt."

He shrugged. "The last I saw of him he was drinking a glass of milk in a diner, a truck stop outside El Paso. I was lucky;

Je ne savais pas où j'étais jusqu'à ce que vous arriviez, monsieur... ?

« — George Whitelaw", et j'ai ajouté : "Seigneur, mais c'est criminel, laisser froidement un aveugle sans défense en pleine mélasse. Quand nous serons à El Paso, nous irons trouver la police."

« Il a dit : "Ah non, surtout pas. Elle a déjà eu assez d'ennuis avec les flics. Elle s'est posée sur la merde — c'est son problème. C'est elle, Ivory, qui se retrouve en pleine mélasse. Sans compter que je l'aime. Une femme peut vous faire un coup pareil, ça n'empêche pas que vous l'aimez encore." »

George se resservit de la vodka; elle posa une petite bûche dans l'âtre et la flamme ravivée prit un éclat à peine plus ardent que le feu qui lui avait soudain empourpré les joues.

« Ce que peuvent faire les *femmes* », dit-elle d'un ton de défi agressif. « Il faut être fou pour... Tu crois que je pourrais faire une chose pareille ? »

L'expression de son regard, un certain silence visuel la choquèrent et la contraignirent à détourner les yeux, retirant sa question. « Et alors, qu'est-ce qui lui est arrivé ?

— À M. Schmidt ?

— À M. Schmidt. »

Il haussa les épaules : « Quand je l'ai vu pour la dernière fois, il buvait un verre de lait devant un comptoir, un bistrot de routiers près d'El Paso. J'ai eu de la chance.

I got a ride with a trucker all the way to Newark. I sort of forgot about it. But for the last few months I find myself wondering about Ivory Hunter and George Schmidt. It must be age; I'm beginning to feel old myself."

She knelt beside him again; she held his hand, interweaving her fingers with his. "Fifty-two? And you feel *old*?"

He had retreated; when he spoke, it was the wondering murmur of a man addressing himself. "I always had such confidence. Just walking the street, I felt such a *swing.* I could feel people looking at me — on the street, in a restaurant, at a party — envying me, wondering who is that guy. Whenever I walked into a party, I knew I could have half the women in the room if I wanted them. But that's all over. Seems as though old George Whitelaw has become the invisible man. Not a head turns. I called Mimi Stewart twice last week, and she never returned the calls. I didn't tell you, but I stopped at Buddy Wilson's yesterday, he was having a little cocktail thing. There must have been twenty fairly attractive girls, and they all looked right through me; to them I was a tired old guy who smiled too much."

She said: "But I thought you were still seeing Christine."

J'ai trouvé un camion qui m'a amené jusqu'à Newark. Et j'ai plus ou moins oublié cette histoire. Mais depuis quelques mois, je me suis surpris à me demander parfois ce qu'étaient devenus Ivory Hunter et George Schmidt. Ça doit être l'âge. Je commence, moi aussi, à me sentir vieux. »

Elle s'agenouilla près de lui ; puis elle lui prit la main, mêlant ses doigts aux siens : « Cinquante-deux ans ? Et tu te sens *vieux* ? »

Il s'était comme retiré à distance ; lorsqu'il reprit la parole, c'était le murmure interrogateur d'un homme qui s'adresse à lui-même : « J'ai toujours eu tellement confiance en moi. Rien qu'en marchant dans la rue, j'étais si plein d'allant. Je me sentais regardé par les gens dans la rue, au restaurant, dans les soirées. Ils m'enviaient, se demandaient qui est ce type. Chaque fois que j'arrivais à une soirée, je savais que j'aurais pu coucher avec la moitié des femmes qui se trouvaient là si j'en avais eu envie. Il semble que ce vieux George Whitelaw soit devenu l'homme invisible. Pas une tête ne se détourne. J'ai appelé Mimi Stewart deux fois la semaine dernière, et elle ne m'a jamais rappelé. Je ne te l'ai pas dit mais, hier, je suis passé chez Buddy Wilson. Il donnait un petit cocktail. Il devait bien y avoir une vingtaine de filles assez jolies et elles m'ont toutes regardé sans me voir — pour elles, je n'étais qu'un vieux type fatigué qui souriait trop.

— Mais je croyais que tu voyais toujours Christine, lui dit-elle.

"I'll tell you a secret. Christine is engaged to that Rutherford boy from Philadelphia. I haven't seen her since November. He's okay for her; she's happy and I'm happy for her."

"Christine! Which Rutherford boy? Kenyon or Paul?"

"The older one."

"That's Kenyon. You knew that and didn't tell me?"

"There's so much I haven't told you, my dear."

Yet that was not entirely true. For when they had stopped sleeping together, they had begun discussing together — indeed, collaborating on — each of his affairs. Alice Kent: five months; ended because she'd demanded he divorce and marry her. Sister Jones: terminated after one year when her husband found out about it. Pat Simpson: a *Vogue* model who'd gone to Hollywood, promised to return and never had. Adele O'Hara: beautiful, an alcoholic, a rambunctious scene-maker; he'd broken that one off himself. Mary Campbell, Mary Chester, Jane Vere-Jones. Others. And now Christine.

A few he had discovered himself; the majority were "romances" she herself had stage-managed,

— Je vais te confier un secret. Christine est fiancée à ce garçon, Rutherford, de Philadelphie. Je ne l'ai pas vue depuis novembre. Il est parfait pour elle ; elle est heureuse et je suis heureux pour elle.

— Christine ! Quel Rutherford ? Kenyon ou Paul ?

— Le plus vieux.

— C'est Kenyon. Tu savais ça et tu ne me l'as pas dit ?

— Il y a tant de choses que je ne t'ai pas dites, ma chère. »

Et cependant, ce n'était pas tout à fait vrai. Car lorsqu'ils avaient cessé de coucher ensemble, ils s'étaient mis, en revanche, à discuter — une sorte de collaboration, en vérité — de leurs histoires respectives. Alice Kent : cinq mois. Terminé parce qu'elle avait exigé qu'il divorce pour l'épouser. Sister Jones : terminé au bout d'un an quand son mari avait découvert leur liaison. Pat Simpson : un mannequin de *Vogue* qui était partie pour Hollywood, avait promis de revenir et ne l'avait jamais fait. Adele O'Hara : très belle, alcoolique, une faiseuse de scènes fracassantes ; cette fois, il avait rompu de lui-même. Mary Campbell, Mary Chester, Jane Vere-Jones. D'autres. Et maintenant, Christine.

Il en avait découvert un certain nombre tout seul ; pour la majorité, il s'agissait d'« aventures » qu'elle avait elle-même mises sur pied,

friends she'd introduced him to; confidantes she had trusted to provide him with an outlet but not to exceed the mark.

"Well," she sighed. "I suppose we can't blame Christine. Kenyon Rutherford's rather a catch." Still, her mind was running, searching like the flames shivering through the logs: a name to fill the void. Alice Combs: available, but too dull. Charlotte Finch: too rich, and George felt emasculated by women — or men, for that matter — richer than himself. Perhaps the Ellison woman? The soignée Mrs Harold Ellison who was in Haiti getting a swift divorce...

He said: "Stop frowning."

"I'm not frowning."

"It just means more silicone, more bills from Orentreich. I'd rather see the human wrinkles. It doesn't matter whose fault it is. We all, sometimes, leave each other out there under the skies, and we never understand why."

An echo, caverns resounding: Jaime Sanchez and Carlos and Angelita; Hulga and Freddy Feo and Ivory Hunter and Mr Schmidt; Dr Bentsen and George, George and herself, Dr Bentsen and Mary Rhinelander...

des amies qu'elle lui avait présentées, des confidentes qu'elle avait estimées capables de lui fournir un exutoire, mais sans pousser trop loin.

« Enfin, soupira-t-elle. Je suppose qu'on ne peut pas en vouloir à Christine. Kenyon Rutherford est une prise de choix. » Cependant, son esprit s'était mis à fureter avec agilité, cherchant comme les flammes qui palpitent entre les bûches : en quête d'un nom pour combler un vide. Alice Combs : disponible mais trop ennuyeuse. Charlotte Finch : trop riche, et George se sentait émasculé par les femmes — ou les hommes d'ailleurs — plus riches que lui. Cette dame Ellison, peut-être ? La si soignée Mme Harold Ellison, partie régler à Haïti un divorce accéléré...

« Ne fronce pas les sourcils comme ça, dit-il.

— Je ne fronce pas les sourcils.

— Cela signifie encore un peu plus de silicone, un peu plus de notes d'honoraires d'Orentreich. Je préfère voir les rides humaines. Peu importe à qui la faute. Tous nous nous quittons un jour ou l'autre sous la voûte des cieux, et nous ne comprenons jamais pourquoi. »

Un écho résonnant au fond de cavernes : Jaime Sanchez et Carlos et Angelita : Hulga et Freddy Feo et Ivory Hunter et M. Schmidt ; le docteur Bentsen et George, George et elle-même, le docteur Bentsen et Mary Rhinelander...

He gave a slight pressure to their interwoven fingers, and with his other hand, raised her chin and insisted on their eyes meeting. He moved her hand up to his lips and kissed its palm.

"I love you, Sarah."

"I love you, too."

But the touch of his lips, the insinuated threat, tautened her. Below stairs, she heard the rattle of silver on trays: Anna and Margaret were ascending with the fireside supper.

"I love you, too," she repeated with pretended sleepiness, and with a feigned languor moved to draw the window draperies. Drawn, the heavy silk concealed the night river and the lighted riverboats, so snow-misted that they were as muted as the design in a Japanese Scroll of winter night.

"George?" An urgent plea before the supper-laden Irishwomen arrived, expertly balancing their offerings: "*Please,* darling. We'll think of somebody."

Il exerça une légère pression sur leurs doigts enlacés et, de sa main libre, lui releva le menton, cherchant avec insistance son regard. Il éleva la main qu'il tenait à ses lèvres et posa un baiser au creux de la paume.

« Je t'aime, Sarah.

— Je t'aime aussi. »

Mais au contact de ses lèvres, sous la menace suggérée, elle se raidit brusquement. Au rez-de-chaussée, elle entendit un cliquetis d'argenterie sur des plateaux : Anna et Margaret montaient avec le souper du coin du feu.

« Je t'aime aussi », répéta-t-elle d'un ton faussement somnolent et, avec une langueur feinte, elle alla tirer les rideaux à la fenêtre. Fermées, les lourdes tentures de soie masquèrent le fleuve nocturne et les bateaux illuminés si ouatés de neige qu'ils avaient les contours émoussés du dessin d'une estampe japonaise représentant une nuit d'hiver.

« George ? » une pressante imploration avant l'arrivée des Irlandaises pourvoyeuses de nourriture, expertes à tenir en équilibre leurs offrandes. « *Je t'en prie,* chéri. Nous trouverons bien quelqu'un. »

Hospitality

Hospitalité

Once upon a time, in the rural South, there were farmhouses and farm wives who set tables where almost any passing stranger, a travelling preacher, a knife-grinder, an itinerant worker, was welcome to sit down to a hearty midday meal. Probably many such farm wives still exist. Certainly my aunt does, Mrs Jennings Carter. Mary Ida Carter.

As a child I lived for long periods of time on the Carters' farm, small then, but today a considerable property. The house was lighted by oil lamps in those days; water was pumped from a well and carried, and the only warmth was provided by fireplaces and stoves, and the only entertainment was what we ourselves manufactured. In the evenings, after supper, likely as not my Uncle Jennings, a handsome, virile man, would play the piano accompanied by his pretty wife, my mother's younger sister.

Il était une fois, dans le Sud rural, des fermes et des fermières qui mettaient des tables auxquelles presque tous les étrangers de passage, prêcheur itinérant, rémouleur de couteaux, ouvrier saisonnier, étaient invités à s'asseoir pour partager un copieux repas de midi offert de bon cœur. Sans doute existe-t-il encore beaucoup de fermières semblables. À coup sûr, ma tante, Mme Jennings Carter, est du nombre. Mary Ida Carter.

Enfant, je faisais de longs séjours à la ferme des Carter modeste à l'époque mais aujourd'hui une propriété considérable. On s'éclairait alors dans la maison avec des lampes à pétrole ; l'eau pompée au puits était transportée dans des seaux et la chaleur était fournie uniquement par les cheminées et les fourneaux, et nos seules distractions, nous devions les inventer nous-mêmes. Le soir après le dîner, bien souvent mon oncle Jennings, un bel homme viril, jouait du piano, accompagné par sa jolie épouse, la sœur cadette de ma mère.

They were hard-working people, the Carters. Jennings, with the help of a few sharecropping field hands, cultivated his land with a horse-drawn plough. As for his wife, her chores were unlimited. I helped her with many of them: feeding the pigs, milking the cows, churning milk into butter, husking corn, shelling peas and pecans — it was fun, except for one assignment I sought to avoid, and when forced to perform, did so with my eyes shut: I just plain hated wringing the necks of chickens, though I certainly didn't object to eating them afterwards.

This was during the Depression, but there was plenty to eat on Mary Ida's table for the principal meal of the day, which was served at noon and to which her sweating husband and his helpers were summoned by clanging a big bell. I loved to ring the bell; it made me feel powerful and beneficient.

It was to these midday meals, where the table was covered with hot biscuits and cornbread and honey-in-the-comb and chicken and catfish or fried squirrel and butter beans and black-eyed peas, that guests sometimes appeared, sometimes expected, sometimes not. "Well," Mary Ida would sigh, seeing a footsore Bible salesman approaching along the road,

C'étaient des gens qui travaillaient dur, les Carter. Jennings, aidé de quelques ouvriers agricoles, cultivait sa terre avec une charrue attelée à un cheval. Quant à sa femme, ses tâches étaient illimitées. Je la secondais dans la plupart : nourrir les cochons, traire les vaches, baratter le beurre, éplucher le maïs, écosser les pois, écaler les noix — c'était amusant à l'exception d'une corvée que je cherchais à éviter et que, contraint de l'accomplir, j'exécutais en fermant les yeux : j'avais une sainte horreur de tordre le cou des poulets, tout en ne voyant aucune objection à les manger ensuite.

Ceci se passait durant la Crise, mais il y avait toujours autant à manger qu'on voulait sur la table de Mary Ida pour le principal repas de la journée qui était servi à midi et auquel son transpirant mari et ses hommes étaient appelés par une grosse cloche. J'adorais faire sonner la cloche ; cela me donnait l'impression d'être un personnage important et bienfaisant.

C'était au cours de ces repas de midi où la table était couverte de biscuits chauds, de galettes de maïs, de miel en rayon, de poulet, de poisson-chat ou d'écureuil grillé, de haricots beurre et de pois mange-tout que, parfois, apparaissaient nos hôtes, certains attendus, les autres pas. « Eh bien ! » soupirait Mary Ida, voyant un colporteur en bibles s'approcher en traînant la patte le long de la route,

"We don't need another Bible. But I guess we'd better set another place."

Of all those we fed, there were three who will never slip my memory. First, the Presbyterian missionary, who was travelling around the countryside soliciting funds for his Christian duties in unholy lands. Mary Ida said she couldn't afford a cash contribution, but she would be pleased to have him take dinner with us. Poor man, he definitely looked as though he needed one. Arrayed in a rusty, dusty, shiny black suit, creaky black undertaker shoes, and a black-greenish hat, he was thin as a stalk of sugar cane. He had a long red wrinkled neck with a bobbing Adam's apple the size of a goitre. I never saw a greedier fellow; he sucked up a quart of buttermilk in three swallows, devoured a whole platter of chicken single-handed (or rather, double-handedly, for he was eating with both hands), and so many biscuits, dripping with butter and molasses, that I lost count. However, for all his gobbling, he managed to give us hair-raising accounts of his exploits in perilous territories. "I'll tell you somethin'. I've seen cannibals roast black men and white men on a spit — just like you'd roast a pig — and eat every morsel,

« nous n'avons pas besoin d'une bible de plus. Mais je pense que nous ferions bien de mettre un autre couvert. »

Parmi tous ceux que nous avons nourris, trois me resteront éternellement en mémoire. D'abord, le missionnaire presbytérien qui arpentait la campagne en quête de fonds pour exercer son action chrétienne en terre infidèle. Mary Ida lui déclara qu'elle n'avait pas les moyens de lui donner de l'argent liquide mais qu'elle l'invitait volontiers à partager notre dîner. Le pauvre homme semblait en avoir bien besoin. Affublé d'un costume noir luisant, roussi et poussiéreux, avec des souliers noirs craquelés de croquemort et un chapeau d'un noir verdâtre, il était aussi fluet qu'une tige de canne à sucre. Il avait un long cou rouge et ridé, avec une pomme d'Adam tressautante, de la taille d'un goitre. Jamais je n'ai vu un type aussi vorace ; il avala un grand bol de petit-lait en trois gorgées, dévora une assiette entière de poulet d'une seule main (ou plutôt à deux mains car il mangeait effectivement des deux mains) et une telle quantité de biscuits dégoulinants de beurre et de mélasse que j'en perdis le compte. Néanmoins, tout en s'empiffrant, il réussit à nous faire des récits terrifiants de ses exploits dans les territoires hostiles. « Je vais vous dire quelque chose. J'ai vu des cannibales faire cuire des hommes noirs et blancs à la broche — tout comme vous feriez cuire un cochon —, et avaler jusqu'à la dernière bouchée,

toes, brains, ears and all. One of them cannibals told me the best eatin' is a roasted newborn baby; said it tasted just like lamb. I spec the reason they didn't eat me is 'cause I didn't have enough meat on my bones. I've seen men hung by their heels till blood gushed out their ears. Once I got bit by a green mamba, the deadliest snake in the world. I was kinda nauseated there for a spell, but I didn't die, so the black men figured I was a god and they gave me a coat made of leopard skins."

After the gluttonous preacher had departed, Mary Ida felt dizzy; she was sure she would have bad dreams for a month. But her husband, comforting her, said: "Oh, honey, you didn't believe any of that malarkey? That man's no more a missionary than I am. He's just a heathen liar."

Then there was the time we entertained a convict who had escaped from a chain gang at the Alabama State Prison in Atmore. Obviously, we didn't *know* he was a dangerous character serving a life sentence for umpteen armed robberies. He simply appeared at our door and told Mary Ida he was hungry and could she give him something to eat.

y compris les doigts de pied, la cervelle, les oreilles, tout. Un de ces cannibales m'a raconté que ce qu'il y avait de meilleur, c'était un nouveau-né rôti ; ça ressemblait à de l'agneau, qu'il a dit. S'ils ne m'ont pas mangé, moi, je crois bien que c'est parce que je n'avais pas assez de chair sur les os. J'ai vu des hommes rester pendus par les pieds jusqu'à ce que le sang leur sorte par les oreilles. Une fois, j'ai été mordu par un mamba vert, le serpent le plus mortel du monde. Pendant un bon moment, j'ai eu des nausées, mais je ne suis pas mort, alors les nègres se sont figuré que j'étais un dieu et ils m'ont donné une espèce de manteau en peau de léopard. »

Une fois le prêcheur glouton parti, Mary Ida se sentit toute retournée ; elle était sûre qu'elle ferait des cauchemars pendant un mois, mais son mari, rassurant, lui dit : « Voyons, mon chou, tu n'as pas cru un mot de ces fariboles ? Ce bonhomme n'est pas plus missionnaire que moi. C'est un païen menteur, voilà tout. »

Vint ensuite le temps où nous accueillîmes un forçat qui s'était évadé de la prison d'État d'Alabama à Atmore. De toute évidence, nous ne *savions* pas que c'était un individu dangereux, condamné à vie pour je ne sais combien d'attaques à main armée. Il apparut simplement un jour à notre porte et dit à Mary Ida qu'il avait faim et lui demanda si elle pouvait lui donner quelque chose à manger.

"Well, sir," she said, "you've come to the right place. I'm just putting dinner on the table now."

Somehow, probably by raiding a washline, he had exchanged his convict stripes for overalls and a worn blue work shirt. I thought he was nice, we all did; he had a flower tattooed on his wrist, his eyes were gentle, he was gently spoken. He said his name was Bancroft (which, as it turned out, *was* his true name). My Uncle Jennings asked him: "What's your line of work, Mr Bancroft?"

"Well," he drawled. "I'm just lookin' for some. Like most everybody else. I'm pretty handy. Can do most anythin'. You wouldn't have somethin' for me?"

Jennings said: "I sure could use a man. But I can't afford him."

"I'd work for most nothin'."

"Yeah," said Jennings. "But nothing is what I've got."

Unpredictably, for it was a subject seldom alluded to in that household, crime came into the conversation. Mary Ida complained: "Pretty Boy Floyd. And that Dillinger man. Running around the country shooting people, robbing banks."

« Ma foi, monsieur, dit-elle, vous frappez à la bonne porte. Je suis justement en train de mettre la table pour le dîner. »

Par je ne sais quel moyen, sans doute en faisant une descente sur une ligne d'étendage, il avait troqué son uniforme rayé de forçat contre une salopette et une chemise de travail bleu délavé. Je le trouvai gentil, comme nous tous ; il avait une fleur tatouée sur le poignet, son regard était doux, il parlait avec douceur. Il dit qu'il s'appelait Bancroft (c'était d'ailleurs, nous l'apprîmes plus tard, son vrai nom). Mon oncle Jennings lui demanda : « Et vous travaillez dans quelle partie, monsieur Bancroft ?

— Ah, voilà, fit-il d'une voix traînante. Justement j'en cherche, du travail. Comme presque tout le monde. Et je peux rendre pas mal de services. Je fais à peu près n'importe quoi. Vous n'auriez pas quelque chose pour moi ? »

Jennings : « Sûr que je peux employer un homme ici, mais je n'ai pas de quoi le payer.

— Je travaillerais pour presque rien.

— D'accord, répondit Jennings. Mais, justement, ce presque rien je ne l'ai pas. »

Par un hasard imprévisible, car c'était un sujet rarement abordé dans la maisonnée, la conversation s'orienta vers le crime. Mary Ida se plaignit : « Pretty Boy Floyd. Et ce Dillinger qui cavale à travers tout le pays en tirant sur les gens, en pillant les banques.

"Oh, I don't know," said Mr Bancroft. "I got no sympathy with them banks. And Dillinger, he's real smart, you got to hand him that. It kinda makes me laugh the way he knocks off them banks and gets clean away with it." Then he actually laughed, displaying tobacco-tinted teeth.

"Well," Mary Ida countered, "I'm slightly surprised to hear you say that, Mr Bancroft."

Two days later Jennings drove his wagon into town and returned with a keg of nails, a sack of flour, and a copy of the *Mobile Register.* On the front page was a picture of Mr Bancroft — "Two-Barrels" Bancroft, as he was colloquially known to the authorities. He had been captured in Evergreen, thirty miles away. When Mary Ida saw his photo, she rapidly fanned her face with a paper fan, as though to prevent a fainting fit. "Heaven help me," she cried. "He could have killed us all."

Jennings said sourly: "There was a reward. And we missed out on it. *That's* what gets my goat."

Next, there was a girl called Zilla Ryland. Mary Ida discovered her bathing a two-year-old baby, a red-haired boy, in a creek that ran through the woods back of the house. As Mary Ida described it: "I saw her before she saw me. She was standing naked in the water bathing this beautiful little boy.

— Oh, je ne sais pas trop, dit M. Bancroft. J'ai pas tellement de sympathie pour les banques. Et Dillinger, c'est un fortiche, faut bien lui accorder ça. Ça me fait plutôt rigoler, sa façon d'attaquer les banques et de s'en tirer sans accroc. » Et il se mit à rire, effectivement, en montrant des dents jaunies par le tabac.

« Eh bien, riposta Mary Ida, je suis un peu surprise de vous entendre dire ça, monsieur Bancroft. »

Deux jours plus tard, Jennings se rendit en charrette à la ville et revint avec une boîte de clous, un sac de farine et un numéro du *Mobile Register.* À la première page, il y avait une photo de M. Bancroft — Bancroft « double canon », comme l'appelaient familièrement les autorités. Il avait été pris à Evergreen, à quarante-cinq kilomètres de chez nous ; quand Mary Ida vit sa photo, elle s'éventa vivement avec un éventail de papier, comme pour prévenir un évanouissement. « Dieu du ciel ! s'écria-t-elle. Il aurait pu tous nous tuer. »

Jennings remarqua aigrement : « Il y avait une récompense. Et nous l'avons manquée. *Ça,* ça me reste sur l'estomac. »

Ensuite, il y eut une fille nommée Zilla Ryland. Mary Ida la découvrit en train de baigner un bébé de deux ans, un petit rouquin, dans un ruisseau qui traversait les bois, derrière la maison. Comme la décrivait Mary Ida : « Je l'ai vue avant qu'elle ne me voie. Elle était debout dans l'eau, toute nue, à baigner ce beau petit garçon.

On the bank there was a calico dress and the child's clothes and an old suitcase tied together with a piece of rope. The boy was laughing, and so was she. Then she saw me, and she was startled. Scared. I said: "Nice day. But hot. The water must feel good." But she snatched up the baby and scampered out of the creek, and I said: "You don't have to be frightened of me. I'm only Mrs Carter that lives just over yonder. Come on up and rest a spell." Then she commenced to cry; she was only a little thing, no more than a child herself. I asked what's the matter, honey? But she wouldn't answer. By now she had pulled on her dress and dressed the boy. I said maybe I could help you if you'd tell me what's wrong. But she shook her head, and said there was nothing wrong, and I said well, we don't cry over nothing, do we? Now you just follow me up to the house and we'll talk about it. And she did."

Indeed she did.

I was swinging on the porch swing reading an old *Saturday Evening Post* when I noticed them coming up the path, Mary Ida toting a broken-down suitcase and this barefooted girl carrying a child in her arms.

Sur le bord, il y avait une robe de calicot, les vêtements du bébé et une vieille valise attachée avec un bout de ficelle. Le petit riait et elle aussi. Alors elle m'a vue et elle est restée effarée. Effrayée. J'ai dit : "Il fait beau. Mais un peu chaud. L'eau doit être bonne." Mais elle a attrapé le bébé et elle a sauté en pataugeant hors du ruisseau, et je lui ai dit : "Il ne faut pas avoir peur de moi. Je suis simplement Mme Carter qui habite juste au-dessus. Montez donc vous reposer un moment chez nous." Alors la fille s'est mise à pleurer. Ce n'était qu'une pauvre petite chose, guère plus qu'un enfant elle-même. Je lui ai demandé qu'est-ce qui ne va pas, mon chou ? Mais elle ne voulait pas répondre. Entretemps, elle avait remis sa robe et rhabillé le bébé. Je lui ai dit je pourrais peut-être vous aider si vous m'expliquiez ce qui ne va pas. Mais elle secouait la tête et répondait que tout allait bien, et je lui ai dit voyons, on ne pleure pas pour rien ; allons. Vous allez me suivre jusqu'à la maison et on parlera de tout ça. Et elle m'a suivie. »

C'est en effet ce qu'elle fit.

J'étais assis dans la balancelle du perron, en train de lire un vieux numéro du *Saturday Evening Post* quand je les ai vues remonter le sentier, Mary Ida portant une valise déglinguée et cette fille aux pieds nus avec un bébé dans les bras.

Mary Ida introduced me: "This is my nephew, Buddy. And — I'm sorry, honey, I didn't catch your name."

"Zilla," the girl whispered, eyes lowered.

"I'm sorry, honey. I can't hear you."

"Zilla," she again whispered.

"Well," said Mary Ida cheerfully, "that sure is an unusual name."

Zilla shrugged. "My mama give it to me. Was her name, too."

Two weeks later Zilla was still with us; she proved to be as unusual as her name. Her parents were dead, her husband had "run off with another woman. She was real fat, and he liked fat women, he said I was too skinny, so he run off with her and got a divorce and married her up in Athens, Georgia". Her only living kin was a brother: Jim James. "That's why I came down here to Alabama. The last I heard, he was located somewhere around here."

Uncle Jennings did everything in his power to trace Jim James. He had good reason, for, although he liked Zilla's little boy, Jed, he'd come to feel quite hostile towards Zilla — her thin voice aggravated him, and her habit of humming mysterious tuneless melodies

Mary Ida m'a présenté : « Voilà mon neveu Buddy... Et... Excuse-moi, mon chou, je n'ai pas compris ton nom.

— Zilla, murmura la fille, les yeux baissés.

— Désolée, mon chou, je ne t'entends pas.

— Zilla, murmura-t-elle à nouveau.

— Eh bien, fit Mary Ida avec gaieté, voilà un nom qui sort vraiment de l'ordinaire. »

Zilla haussa les épaules : « Ma maman me l'a donné. C'était son nom, à elle aussi. »

Quinze jours plus tard, Zilla était toujours chez nous. Elle s'était révélée aussi étrange que son nom. Ses parents étaient morts, son mari s'était « tiré avec une autre femme. Elle était vraiment grosse et il aimait les femmes grosses, il disait que j'étais trop maigre alors il s'est tiré avec elle. Il a obtenu le divorce et il l'a épousée à Athens, Géorgie ». Son seul parent vivant était un frère : Jim James. « Voilà pourquoi je suis venue jusqu'ici, en Alabama. Aux dernières nouvelles que j'ai eues de lui, il devait être installé quelque part dans le coin. »

L'oncle Jennings fit tout ce qui était en son pouvoir pour retrouver la trace de Jim James. Il avait une bonne raison pour cela, car s'il aimait bien le petit garçon de Zilla, Jed, il en était arrivé à ne plus supporter Zilla — sa voix ténue l'excédait ainsi que son habitude de fredonner de mystérieuses mélodies informes.

Jennings to Mary Ida: "Just the hell how much longer is our boarder going to hang around?" Mary Ida: "Oh, Jennings. Shhh! Zilla might hear you. Poor soul. She's got nowhere to go." So Jennings intensified his labours. He brought the sheriff into the case; he even *paid* to place an ad in the local paper — and that was really going far. But nobody hereabouts had ever heard of Jim James.

At last Mary Ida, clever woman, had an idea. The idea was to invite a neighbour, Eldridge Smith, to evening supper, usually a light meal served at six. I don't know why she hadn't thought of it before. Mr Smith was not much to look at, but he was a recently widowed farmer of about forty with two school-aged children.

After that first supper Mr Smith got to stopping by almost every twilight. After dark we all left Zilla and Mr Smith alone, where they swung together on the creaking porch swing and laughed and talked and whispered. It was driving Jennings out of his mind because he didn't like Mr Smith any better than he liked Zilla; his wife's repeated requests to "Hush, honey. Wait and see" did little to soothe him.

Jennings à Mary Ida : « Nom de Dieu, combien de temps elle va encore se cramponner ici, notre pensionnaire ? » Mary Ida : « Oh, Jennings, cchutt ! Zilla pourrait t'entendre. Pauvre créature. Elle n'a nulle part où aller. » Alors Jennings intensifia ses efforts. Il fit intervenir le shérif dans l'affaire. Il *paya* même pour mettre une petite annonce dans le journal local — et c'était vraiment aller très loin pour lui. Mais personne dans les environs n'avait jamais entendu parler de Jim James.

Enfin, Mary Ida, femme ingénieuse, eut une idée. L'idée fut d'inviter un voisin, Eldridge Smith, à dîner, un repas léger généralement servi à six heures. Je ne sais pas pourquoi elle n'y avait pas pensé plus tôt. M. Smith n'avait rien de bien séduisant, mais c'était un fermier d'environ quarante ans, veuf depuis peu avec deux enfants en âge d'aller à l'école.

Après ce premier dîner, M. Smith prit l'habitude de venir faire un tour à la maison presque chaque jour au crépuscule. La nuit tombée, nous laissions tous Zilla et M. Smith en tête à tête et ils se balançaient ensemble sur la banquette grinçante du perron, riant, parlant et chuchotant... Ce manège mettait Jennings hors de lui car il n'aimait pas plus M. Smith que Zilla ; les adjurations répétées de sa femme : « Tais-toi, chéri. Attendons de voir », ne contribuaient guère à l'apaiser.

We waited a month. Until finally one night Jennings took Mr Smith aside and said: "Now look here, Eldridge. Man to man, what are your intentions towards this fine young lady?" The way Jennings said it, it was more like a threat than anything else.

Mary Ida made the wedding dress on her foot-peddled Singer sewing machine. It was white cotton with puffed sleeves, and Zilla wore a white silk ribbon bow in her hair, especially curled for the occasion. She looked surprisingly pretty. The ceremony was held under the shade of a mulberry tree on a cool September afternoon, the Reverend Mr L. B. Persons presiding. Afterwards everybody was served cup-cakes and fruit punch spiked with scuppernong wine. As the newly-weds rode away in Mr Smith's mule-drawn wagon, Mary Ida lifted the hem of her skirt to dab at her eyes, but Jennings, eyes dry as a snake's skin, declared: "Thank you, dear Lord. And while You're doing favours, my crops could use some rain."

Nous attendîmes un mois. Jusqu'à ce qu'enfin, un soir, Jennings prît M. Smith à part et lui demandât : « Alors, voyons tout de même, Eldridge. D'homme à homme, quelles sont tes intentions vis-à-vis de cette gentille petite ? » Le ton pris par Jennings faisait ressembler sa question à une menace plutôt qu'à toute autre chose.

Mary Ida fit la robe de mariage sur sa machine à coudre Singer à pédale. Elle était en coton blanc avec des manches bouffantes, et Zilla portait un gros nœud de soie blanche dans les cheveux, spécialement frisés pour la circonstance. Elle paraissait étonnamment jolie. La cérémonie fut célébrée à l'ombre d'un mûrier par un frais après-midi de septembre, sous la présidence du révérend L. B. Persons. Ensuite, des petits gâteaux et du punch aux fruits arrosé de vin de muscat furent servis à tout le monde. Tandis que les nouveaux mariés partaient dans la voiture de M. Smith attelée d'une mule, Mary Ida releva l'ourlet de sa jupe pour s'éponger les yeux, mais Jennings, les yeux secs comme une peau de serpent, déclara : « Merci, Seigneur. Et tant qu'à dispenser vos bienfaits, un peu d'eau ne ferait pas de mal à mes récoltes. »

Dazzle

Éblouissement

She fascinated me.

She fascinated everyone, but most people were ashamed of their fascination, especially the proud ladies who presided over some of the grander households of New Orleans's Garden District, the neighbourhood where the big plantation owners lived, the shipowners and oil operators, the richest professional men. The only persons not secretive about their fascination with Mrs Ferguson were the servants of these Garden District families. And, of course, some of the children, who were too young or guileless to conceal their interest.

I was one of those children, an eight-year-old boy temporarily living with Garden District relatives. However, as it happened, I did keep my fascination to myself, for I felt a certain guilt:

Elle me fascinait.

Elle fascinait tout le monde, mais la plupart des gens avaient honte de leur fascination, en particulier les dames si fières qui présidaient aux destinées de certaines des demeures les plus prestigieuses du Garden District de La Nouvelle-Orléans, le quartier où résidaient les propriétaires de grandes plantations, les armateurs, les pétroliers, les plus riches parmi les hommes d'affaires. Les seules personnes à ne pas faire mystère de cette fascination qu'exerçait sur eux Mme Ferguson étaient les domestiques de ces familles du Garden District. Et, naturellement, quelques-uns des enfants trop jeunes ou trop innocents pour dissimuler leur intérêt.

J'étais l'un de ces enfants, un petit garçon de huit ans vivant provisoirement chez des parents du Garden District. Cependant, je gardais ma fascination pour moi car j'éprouvais une certaine culpabilité.

I had a secret, something that was bothering me, something that was really worrying me very much, something I was afraid to tell anybody, *any*body — I couldn't imagine what their reaction would be, it was such an odd thing that was worrying me, that had been worrying me for almost two years. I had never heard of anyone with a problem like the one that was troubling me. On the one hand it seemed maybe silly; on the other...

I wanted to tell my secret to Mrs Ferguson. Not *want* to, but felt I had to. Because Mrs Ferguson was said to have magical powers. It was said, and believed by many serious-minded people, that she could tame errant husbands, force proposals from reluctant suitors, restore lost hair, recoup squandered fortunes. In short, she was a witch who could make wishes come true. I had a wish.

Mrs Ferguson did not seem clever enough to be capable of magic. Not even card tricks. She was a plain woman who might have been forty but was perhaps thirty; it was hard to tell, for her round Irish face, with its round full-moon eyes, had few lines and little expression. She was a laundress, probably the only white laundress in New Orleans, and an artist at her trade:

J'avais un secret, quelque chose qui me poursuivait, qui me tracassait vraiment beaucoup, quelque chose que je craignais de confier à quiconque, *quiconque* — je ne pouvais imaginer quelle réaction je provoquerais, c'était une chose si étrange qui me perturbait, qui n'avait cessé de me perturber depuis près de deux ans. Je n'avais jamais entendu parler de qui que ce fût aux prises avec un problème comme celui qui m'agitait. D'une part, cela pouvait peut-être sembler stupide ; de l'autre...

Je voulais dire mon secret à Mme Ferguson. Non, je ne *voulais* pas mais je m'y sentais obligé. Parce que Mme Ferguson détenait, disait-on, des pouvoirs magiques. Quantité de gens sérieux racontaient, et croyaient, qu'elle pouvait amender les maris volages, contraindre les soupirants récalcitrants à se déclarer, faire repousser les cheveux, reconstituer les fortunes dilapidées. Bref, c'était une sorcière douée du pouvoir d'obtenir la réalisation des vœux. J'avais un vœu.

Mme Ferguson ne semblait pas assez maligne pour être capable de magie. Pas même de faire un tour de cartes. C'était une femme ordinaire qui pouvait avoir quarante ans, mais n'en avait peut-être que trente ; c'était difficile à savoir car son visage rond d'Irlandaise et ses yeux ronds de pleine lune étaient également dénués de rides et d'expression. Elle était blanchisseuse, sans doute la seule blanchisseuse blanche de La Nouvelle-Orléans et, dans son métier, une artiste.

the great ladies of the town sent for her when their finest laces and linens and silks required attention. They sent for her for other reasons as well: to obtain desires — a new lover, a certain marriage for a daughter, the death of a husband's mistress, a codicil to a mother's will, an invitation to be Queen of Comus, grandest of the Mardi Gras galas. It was not merely as a laundress that Mrs Ferguson was courted. The source of her success, and principal income, was her alleged abilities to sift the sands of daydreams until she produced the solid stuff, golden realities.

Now, about this wish of my own, the worry that was with me from first thing in the morning until last thing at night: it wasn't anything I could just straight out ask her. It required the right time, a carefully prepared moment. She seldom came to our house, but when she did I stayed close by, pretending to watch the delicate movements of her thick ugly fingers as they handled lace-trimmed napkins, but really attempting to catch her eye. We never talked; I was too nervous and she was too stupid. Yes, stupid. It was just something I sensed; powerful witch or not, Mrs Ferguson was a stupid woman. But now and again our eyes did lock, and dumb as she was, the intensity,

Les grandes dames de la ville la faisaient venir chez elles lorsque leurs dentelles, leurs linons et leurs soies les plus fragiles réclamaient des soins particuliers. Elles la faisaient venir aussi pour d'autres raisons : pour voir exaucer leurs désirs — un nouvel amant, un certain mariage pour une fille, la mort de la maîtresse d'un mari, un codicille au testament d'une mère, une invitation à être la Reine de Comus, la plus grandiose des réjouissances du Mardi gras. Ce n'était pas simplement en tant que blanchisseuse que Mme Ferguson était courtisée. La source de son succès, et principal revenu, découlait de son prétendu pouvoir de filtrer les sables des rêves éveillés pour les muer en fructueuses et solides réalités.

Pour en revenir maintenant à mon vœu personnel, ce souci qui me poursuivait sans trêve du matin au soir : ce n'était pas une question que je pouvais lui poser comme ça, d'emblée. Il fallait trouver le moment propice, le préparer avec soin. Elle venait rarement chez nous mais, quand elle était là, je me tenais tout près d'elle, feignant d'observer les mouvements délicats de ses vilains doigts épais en train de manipuler les serviettes brodées, mais en réalité, cherchant à attirer son regard. Nous ne nous parlions jamais; j'étais trop nerveux et elle trop stupide. Oui, stupide. Je le sentais d'instinct; puissante sorcière ou pas, Mme Ferguson était une femme stupide. Mais, de loin en loin, nos yeux se croisaient et, si bornée fût-elle, l'intensité,

the *fascination* she saw in my gaze told her that I desired to be a client. She probably thought I wanted a bike, or a new air rifle; anyway, she wasn't about to concern herself with a kid like me. What could I give her? So she would turn her tiny lips down and roll her fullmoon eyes elsewhere.

About this time, early December in 1932, my paternal grandmother arrived for a brief visit. New Orleans has cold winters; the chilly humid winds from the river drift deep into your bones. So my grandmother, who was living in Florida, where she taught school, had wisely brought with her a fur coat, one she had borrowed from a friend. It was made of black Persian lamb, the belonging of a rich woman, which my grandmother was not. Widowed young, and left with three sons to raise, she had not had an easy life, but she never complained. She was an admirable woman; she had a lively mind, and a sound, sane one as well. Due to family circumstances, we rarely met, but she wrote often and sent me small gifts. She loved me and I wanted to love her, but until she died, and she lived beyond ninety, I kept my distance, behaved indifferently. She felt it, but she never knew what caused my apparent coldness,

la *fascination* qu'elle lisait dans mon regard trahissait clairement pour elle mon désir d'être son client. Elle pensait sans doute que j'avais envie d'un vélo ou d'une nouvelle carabine à air comprimé ; en tout cas, elle n'allait pas s'embarrasser d'un gamin comme moi. Que pouvais-je lui donner ? Une moue se dessinait sur ses lèvres fines et elle roulait de côté ses yeux de pleine lune.

Vers cette époque, au début de décembre 1932, ma grand-mère paternelle vint nous rendre une brève visite. Les hivers sont froids, à La Nouvelle-Orléans ; les vents humides et glacés venus du fleuve vous pénètrent jusqu'à l'os. Ma grand-mère, qui vivait en Floride où elle enseignait à l'école, avait donc sagement apporté avec elle un manteau de fourrure, manteau qu'elle avait emprunté à une amie. En astrakan noir, il appartenait à une femme très riche, contrairement à ma grand-mère. Veuve de bonne heure et restée seule avec trois enfants à élever, elle n'avait pas eu une existence facile mais elle ne se plaignait jamais. C'était une femme admirable ; elle avait l'esprit vif et, en même temps, logique et lucide. En raison de circonstances d'ordre familial, nous nous rencontrions rarement mais elle écrivait souvent et m'envoyait de petits cadeaux. Elle m'aimait et je voulais l'aimer aussi mais, jusqu'à sa mort — et elle dépassa quatre-vingt-dix ans — je me tins à distance en affectant l'indifférence. Elle le sentait bien mais jamais elle ne sut ce qui causait ma froideur apparente,

nor did anyone else, for the reason was part of an intricate guilt, faceted as the dazzling yellow stone dangling from a slender gold-chain necklace that she often wore. Pearls would have suited her better, but she attached great value to this somewhat theatrical gewgaw, which I understood her own grandfather had won in a card game in Colorado.

Of course the necklace wasn't valuable; as my grandmother always scrupulously explained to anyone who enquired, the stone, which was the size of a cat's paw, was not a "gem" stone, not a canary diamond, not even a topaz, but a chunk of rock-crystal deftly faceted and tinted dark yellow. Mrs Ferguson, however, was unaware of the trinket's true worth, and when one afternoon, during the course of my grandmother's stay, the plump youngish witch arrived to stiffen some linen, she seemed spellbound by the brilliant bit of glass swinging from the thin chain around my grandmother's neck. Her ignorant moon eyes glowed, and that's a fact: they truly glowed. I now had no difficulty attracting her attention; she studied me with an interest absent heretofore.

pas plus que quiconque, car mon attitude tenait à une culpabilité complexe, un état d'âme à facettes comme l'éblouissante pierre jaune pendant au bout d'une mince chaîne d'or qu'elle portait souvent au cou. Des perles lui auraient beaucoup mieux convenu mais elle attachait une grande valeur à ce colifichet plutôt voyant que, m'avait-on appris, son propre grand-père avait gagné en jouant aux cartes dans le Colorado.

Naturellement, ce collier était sans valeur ; comme ma grand-mère l'expliquait toujours scrupuleusement à tous ceux qui lui posaient la question : la pierre, de la taille d'une patte de chat, n'était pas une « gemme » ni un diamant jaune, ni même une topaze, mais un morceau de cristal de roche habilement taillé en facettes et teint en jaune soufre. Mme Ferguson, cependant, ignorait tout de la véritable valeur de cette babiole et quand, un après-midi, pendant le séjour de ma grand-mère, la jeune sorcière replète arriva pour empeser je ne sais quelles lingeries, elle parut hypnotisée par le scintillant bout de verre qui se balançait au bout de sa fine chaîne au cou de ma grand-mère. Ses yeux lunaires inexpressifs brillèrent — et c'est un fait exact. Ils brillèrent véritablement. Cette fois, je n'eus pas de mal à attirer son attention ; elle m'examina avec un intérêt jusque-là totalement absent.

As she departed, I followed her into the garden, where there was a century-old wisteria arbor, a mysterious place even in winter when the foliage had shrivelled, stripping this leaf-tunnel of its concealing shadows. She walked under it and beckoned to me.

Softly, she said: "You got something on your mind?"

"Yes."

"Something you want done? A favour?"

I nodded; she nodded, but her eyes shifted nervously: she didn't want to be seen talking to me.

She said: "My boy will come. He will tell you."

"When?"

But she said hush, and hurried out of the garden. I watched her waddle off into the dusk. It dried my mouth to think of having all my hopes pinned on this stupid woman. I couldn't eat supper that night; I didn't sleep until dawn. Aside from the thing that was worrying me, now I had a whole lot of new worries. If Mrs Ferguson did what I wanted her to do, then what about my clothes, what about my name, where would I go, who would I be? Holy smoke, it was enough to drive you crazy! Or was I already crazy? That was part of the problem: I must be crazy to want Mrs Ferguson to do this thing I wanted her to do.

Comme elle s'en allait, je la suivis dans le jardin où il y avait une glycine séculaire, un endroit mystérieux même en hiver de verdure quand les feuilles s'étaient racornies, dépouillant ce tunnel de ses ombres secrètes. Elle s'avança sous les branches et me fit signe d'approcher.

À mi-voix, elle me demanda : « Tu as quelque chose en tête ?

— Oui.

— Quelque chose que tu voudrais obtenir ? Une faveur ? »

J'acquiesçai ; elle acquiesça de même mais ses yeux furetaient nerveusement deçà delà ; elle ne voulait pas être vue en train de me parler.

« Mon fils viendra, dit-elle. Il te parlera.

— *Quand ?* »

Mais elle fit « chut » et quitta en hâte le jardin. Je la regardai disparaître, se dandinant dans la pénombre. En pensant à tous mes espoirs attachés à cette femme stupide, j'en avais la gorge sèche. Ce soir-là, je fus incapable de manger mon dîner ; je ne dormis pas avant l'aube. Mis à part la chose qui me tracassait, j'avais un tas de nouveaux soucis. Si Mme Ferguson faisait ce que je voulais, alors que deviendraient mes vêtements, et mon nom, où irais-je, qui serais-je ? Sapristi, c'était à devenir fou ! Ou bien étais-je déjà fou ? C'était une partie du problème : je devais être fou pour souhaiter que Mme Ferguson fît ce que j'attendais d'elle.

That was one reason why I couldn't tell anybody: they would think I was crazy. Or something worse. I didn't know what that something worse could be, but instinctively I felt that people saying I was crazy, my family and their friends and the other kids, might be the least of it.

Because of fear and superstition combined with greed, the servants of the Garden District, some of the snobbiest mammies and haughtiest housemen who ever tread a parquet floor, spoke of Mrs Ferguson with respect. They also spoke of her in quiet tones, and not only because of her peculiar gifts, but because of her equally peculiar private life, various details of which I had gradually collected by eavesdropping on the tattletale of these elegant blacks and mulattoes and Creoles, who considered themselves the real royalty of New Orleans, and certainly superior to any of their employers. As for Mrs Ferguson — she was not a madame, merely a mamselle: an unmarried woman with a raft of children, at least six, who came from East Texas, one of those redneck hamlets across the border from Shreveport. At the age of fifteen she had been tied to a hitching post in front of the town post office and publicly flogged with a horsewhip by her own father. The reason for this terrible punishment was a child she had borne,

C'était une des raisons pour lesquelles je ne pouvais en parler à personne. Ils me croiraient tous fou. Ou pire. Je ne savais pas ce que pourrait être ce pire, mais d'instinct je sentais que d'être déclaré fou par les gens, ma famille, leurs amis et les autres enfants ne serait qu'un moindre mal.

En raison de leur crainte et de leur superstition combinées à la cupidité, les domestiques de Garden District, certaines des bonniches les plus snobs et des larbins les plus arrogants qui eussent jamais astiqué un parquet, parlaient de Mme Ferguson avec respect. Ils parlaient aussi d'elle en baissant la voix et non seulement en raison de ses dons particuliers, mais aussi de sa vie privée, également particulière, dont j'avais peu à peu récolté les détails en écoutant aux portes les commérages de ces élégants Noirs, Mulâtres, Créoles qui se considéraient comme la royale aristocratie de La Nouvelle-Orléans et supérieurs, à coup sûr, à n'importe lequel de leurs patrons. Quant à Mme Ferguson — ce n'était pas une madame, à peine une mamselle : une femme non mariée avec une ribambelle d'enfants, au moins six, venus de l'est du Texas, un de ces villages de culs-terreux de l'autre côté de la frontière près de Shreveport. À l'âge de quinze ans, elle avait été liée à un poteau devant le bureau de poste de la ville et fouettée en public par son propre père. Le motif de cette punition terrible était un enfant qu'elle avait porté,

a boy with green eyes but unmistakably the product of a black father. With the baby, who was called Skeeter and was now fourteen and said to be a devil himself, she came to New Orleans and found work as a housekeeper for an Irish Catholic priest, whom she seduced, had a second baby by, abandoned for another man, and went on from there, living with a succession of handsome lovers, men she could only have succeeded in acquiring through potions poured into their wine, for after all, without her particular powers, who was she? White trash from East Texas who carried on with black men, the mother of six bastards, a laundress, a servant herself. And yet they respected her; even Mme Jouet, the head mammy of the Vaccaro family, who owned the United Fruit Company, always addressed her civilly.

Two days after my conversation with Mrs Ferguson, a Sunday, I accompanied my grandmother to church, and as we were walking home, a matter of a few blocks, I noticed that someone was following us: a well-built boy with tobacco-coloured skin and green eyes. I knew at once that it was the infamous Skeeter, the boy whose birth had caused his mother to be flogged, and I knew that he was bringing me a message. I felt nauseated, but also elated, almost tipsy, enough so to make me laugh.

un garçon aux yeux verts mais dont le père était indubitablement un Noir. Avec le bébé baptisé Skeeter, maintenant âgé de quatorze ans, lui-même un démon, disait-on, elle était venue à La Nouvelle-Orléans et y avait trouvé du travail comme femme de ménage d'un prêtre catholique irlandais qu'elle avait séduit et dont elle avait eu un second enfant, qu'elle avait abandonné pour un autre homme et, pour continuer sur cette lancée, vivant avec une succession d'amants superbes, des hommes qu'elle n'avait pu annexer qu'en versant des potions dans leur vin car, après tout, sans ses pouvoirs particuliers qu'était-elle ? Une gueuse blanche de l'est du Texas, qui fréquentait les Noirs, mère de six bâtards, une blanchisseuse, une servante. Et pourtant, ils la respectaient ; même Mme Jouet, la première femme de chambre de la famille Vaccaro qui possédait la United Fruit Company, lui parlait toujours avec politesse.

Deux jours après ma conversation avec Mme Ferguson, un dimanche, j'accompagnai ma grand-mère à l'église et, tandis que nous revenions vers la maison, à quelques rues à peine, je remarquai que quelqu'un nous suivait : un jeune garçon bien bâti à la peau couleur tabac avec des yeux verts. Je sus tout de suite que c'était l'infâme Skeeter, le fils dont la naissance avait valu à sa mère d'être fouettée, et je sus qu'il m'apportait un message. Je me sentis nauséeux, mais aussi jubilant, presque enivré, suffisamment pour me mettre à rire.

Merrily, my grandmother asked: "Ah, you know a joke?"

I thought: No, but I know a secret. However, I only said: "It was just something the minister said."

"Really? I'm glad you found some humour. It struck me as a very dry sermon. But the choir was good."

I refrained from making the following comment: "Well, if they're just going to talk about sinners and hell, when they don't know what hell is, they ought to ask me to preach the sermon. I could tell them a thing or two."

"Are you happy here?" my grandmother asked, as if it were a question she had been considering ever since her arrival. "I know it's been difficult. The divorce. Living here, living there. I want to help: I don't know how."

"I'm fine. Everything's hunky-dory."

But I wished she'd shut up. She did, with a frown. So at least I'd got one wish. One down and one to go.

When we reached home my grandmother, saying she felt the start of a migraine and might try to ward it off with a pill and a nap, kissed me and went inside the house. I raced through the garden towards the old wisteria arbour and hid myself inside it, like a bandit in a bandit's cave waiting for a confederate.

Gaiement, ma grand-mère demanda : « Ah, tu penses à une histoire drôle ? »

Je songeai : non, mais je pense à un secret. Cependant je me contentai de répondre : « C'était seulement une phrase du prédicateur.

— Vraiment ? Je suis contente que tu l'aies trouvé amusant. Moi, son sermon m'a paru terriblement sec. Mais les chœurs étaient bons. »

Je m'abstins de faire le commentaire suivant : « Ah, s'ils veulent simplement parler des pécheurs et de l'enfer, quand ils ne savent pas ce qu'est l'enfer, ils devraient me demander de faire le sermon. Je pourrais leur en dire long sur ce sujet. »

« Es-tu heureux ici ? » demanda ma grand-mère comme si c'était une question qu'elle avait méditée depuis son arrivée. « Je sais que c'est difficile. Le divorce. Vivre ici, vivre là. Je voudrais bien t'aider. Je ne sais pas comment.

— Je me sens très bien... Tout va comme sur des roulettes. »

Mais je souhaitais surtout qu'elle se taise. Ce qu'elle fit avec un froncement de sourcils. Un de mes vœux au moins était exaucé. Restait l'autre.

Lorsque nous arrivâmes à la maison, ma grand-mère disant qu'elle sentait venir une migraine, qu'elle allait essayer d'enrayer avec un cachet et un somme, m'embrassa et rentra. Je courus dans le jardin vers la vieille glycine et me cachai à l'intérieur comme un bandit dans sa caverne attendant un complice

Soon Mrs Ferguson's son arrived. He was tall for his age, just shy of six feet, and muscular as a dock-worker. He resembled his mother in no respect. It wasn't only his dark colouring; his features were nicely defined, the bone structure quite precise — his father must have been a handsome man. And unlike Mrs Ferguson, his emerald eyes were not dumb comic-strip dots, but narrow and mean, weapons, bullets threateningly aimed and primed to explode. I wasn't surprised when, not many years later, I heard he'd committed a double murder in Houston and died in the electric chair at Texas State Prison.

He was natty, dressed like the adult sharp-guy hoodlums who lounged around the waterfront hangouts: Panama hat, two-toned shoes, a tight stained white linen suit that some much slighter man must have given him. An impressive cigar jutted from his handkerchief pocket: a Havana Castle Moro, the connoisseur's cigar Garden District gentlemen served along with their after-dinner absinthe and framboise. Skeeter Ferguson lit his cigar with a movie-gangster showmanship, constructed an impeccable smoke ring, blew it stright into my face, and said: "I've come to get you."

"Now?"

Bientôt apparut le fils de Mme Ferguson. Il était grand pour son âge, près d'un mètre quatre-vingts, et musclé comme un ouvrier des docks. Il ne ressemblait en rien à sa mère. Ce n'était pas seulement son épiderme sombre ; ses traits étaient finement dessinés, l'ossature de son visage d'une grande précision — son père avait dû être un très bel homme. Et, contrairement à Mme Ferguson, ses yeux émeraude n'étaient pas d'inexpressives billes de bande dessinée mais étroits et mauvais, des armes, des balles menaçantes braquées sur vous et prêtes à exploser. Ce fut sans étonnement que, peu d'années après, j'appris qu'il avait commis un double meurtre à Houston et était mort sur la chaise électrique à la prison d'État du Texas.

Il était tiré à quatre épingles, vêtu comme les truands adultes sélect qui paradaient dans les bistrots du bord de mer : panama sur la tête, souliers deux tons, complet étriqué de lin blanc taché qu'avait dû lui donner un homme nettement plus mince. Un impressionnant cigare pointait hors de sa poche poitrine : un havane Castle Morro, le cigare des connaisseurs que les messieurs du Garden District servaient avec l'absinthe et la framboise d'après dîner. Skeeter Ferguson alluma son cigare avec le style ostentatoire d'un gangster de cinéma, élabora un impeccable rond de fumée et me le colla droit dans la figure en disant : « Je suis venu te chercher.

— *Maintenant* ?

"Just as soon as you bring me the old lady's necklace."

It was useless to stall, but I tried: "What necklace?"

"Save your breath. Go get it and then we'll head somewhere. Or else we won't. And you'll never have another chance."

"But she's wearing it!"

Another smoke ring, professionally manufactured, effortlessly projected. "How you get it ain't none of my beeswax. I'll just be right here. Waiting."

"But it may take a long time. And suppose I can't do it?"

"You will. I'll wait till you do."

The house sounded empty when I entered through the kitchen door, and except for my grandmother, it was; everyone else had driven off to visit a newly-married cousin who lived across the river. After calling my grandmother's name, and hearing silence, I tiptoed upstairs and listened at her bedroom door. She must be asleep. Accepting the risk, I inched the door open.

The curtains were drawn and the room dark except for the hot shine of coal burning inside the porcelain stove.

— Dès que tu m'auras apporté le collier de la vieille dame. »

C'était inutile de tergiverser, mais je fis une tentative : « Quel collier ?

— Te fatigue pas. Va le chercher et on ira quelque part. Sinon, rien du tout. Et jamais l'occasion ne se représentera.

— Mais elle le porte ! »

Autre anneau de fumée exécuté avec une maîtrise de professionnel et projeté sans effort. « Comment tu le chopes, c'est pas mes oignons. Je ne bouge pas d'ici. Je t'attends.

— Mais ça risque de prendre du temps. Et si je n'y arrive pas ?

— Tu y arriveras. Je t'attendrai jusqu'à ce que tu l'aies. »

La maison paraissait vide lorsque j'entrai par la porte de la cuisine et, ma grand-mère mise à part, elle l'était en effet ; tous les autres étaient partis rendre visite à un cousin nouvellement marié qui habitait de l'autre côté du fleuve. Après avoir appelé ma grand-mère et le silence seul répondant, je montai l'escalier sur la pointe des pieds et écoutai à la porte de sa chambre. Elle devait être endormie. Acceptant le risque, j'entrouvris la porte de deux centimètres.

Les rideaux étaient tirés et la pièce obscure à l'exception des charbons incandescents qui brûlaient dans le poêle de faïence.

My grandmother was lying in bed with covers drawn up to her chin; she must have taken the headache pill, for her breathing was deep and even. Still, I drew back the quilt covering her with the meticulous stealth of a robber tumbling the dials of a bank safe. Her throat was naked; she was wearing only an undergarment, a pink slip. I found the necklace on a bureau; it was lying in front of a photograph of her three sons, one of them my father. I hadn't seen him for so long that I'd forgotten what he looked like — and after today, I'd probably never see him again. Or if I did, he wouldn't know who I was. But I had no time to think about that. Skeeter Ferguson was waiting for me, standing inside the wisteria arbour tapping his foot and sucking on his millionaire's cigar. Nevertheless, I hesitated.

I had never stolen anything before; well, some Hershey bars from the candy counter at the movies, and a few books I'd not returned to the public library. But this was so important. My grandmother would forgive me if she knew why I had to steal the necklace. No, she wouldn't forgive me; nobody would forgive me if they knew *exactly* why. But I had no choice. It was like Skeeter said: if I didn't do it now, his mother would never give me another chance.

Ma grand-mère était étendue sur le lit avec les couvertures tirées jusqu'au menton ; elle avait dû prendre son cachet contre la migraine car sa respiration était lente et régulière. Néanmoins, je rabattis l'édredon qui la recouvrait avec la circonspection méticuleuse d'un voleur tournant les cadrans d'un coffre de banque. Sa gorge était nue ; elle ne portait qu'un sous-vêtement, une combinaison rose. Je trouvai le collier sur une commode. Il était posé devant une photographie de ses trois fils, l'un d'eux étant mon père. Je ne l'avais pas vu depuis si longtemps que j'avais oublié à quoi il ressemblait et, après ce jour-là, sans doute ne le reverrais-je jamais, ou si je le voyais, il ne saurait pas qui j'étais. Mais je n'avais pas le temps de penser à tout cela. Skeeter Ferguson m'attendait sous la glycine tapant du pied et tirant sur son cigare de millionnaire. Et pourtant, j'hésitai.

Je n'avais jamais rien volé jusque-là ; oh, quelques barres d'Hershey au comptoir de confiserie du cinéma et quelques livres que je n'avais pas rendus à la bibliothèque publique. Mais l'enjeu était si important. Ma grand-mère me pardonnerait si elle savait pourquoi il fallait que je vole le collier. Non, elle ne me pardonnerait pas ; personne ne me pardonnerait si l'on savait *exactement* pourquoi. Mais je n'avais pas le choix. C'était comme l'avait dit Skeeter : si je ne le faisais pas maintenant, sa mère ne m'accorderait jamais une autre chance.

And the thing that was worrying me would go on and on, maybe forever and forever. So I took it. I stuffed it in my pocket and fled the room without even closing the door. When I rejoined Skeeter, I didn't show him the necklace, I just told him I had it, and his green eyes grew greener, turned nastier, as he issued one of his big-shot smoke rings and said: "Sure you do. You're just a born rascal. Like me."

First we walked, then we took a trolley car down Canal Street, usually so crowded and cheerful but spooky now with the stores closed and a Sabbath stillness hovering over it like a funeral cloud. At Canal and Royal we changed trolleys and rode all the way across the French Quarter, a familiar neighbourhood where many of the longer-established families lived, some with purer lineage than any names the Garden District could offer. Eventually we started walking again; we walked miles. The stiff churchgoing shoes I was still wearing hurt, and now I didn't know where we were, but wherever it was I didn't like it. It was no use questioning Skeeter Ferguson, for if you did, he smiled and whistled, or spit and smiled and whistled.

Et le problème qui me tracassait continuerait à me harceler sans répit, peut-être indéfiniment. Je pris donc le collier, le fourrai au fond de ma poche et m'enfuis sans même fermer la porte. Quand j'eus rejoint Skeeter, je ne lui montrai pas le collier, je lui dis simplement que je l'avais, et ses yeux verts devinrent encore plus verts, prirent une expression cruelle tandis qu'il émettait l'un de ses ronds de fumée de grand caïd en disant : « Et comment que tu l'as. T'es un vaurien-né. Comme moi. »

D'abord, nous avons marché, puis nous avons pris un tramway dans Canal Street d'habitude si animée et joyeuse, mais sinistre pour le moment avec les boutiques fermées et une stagnation dominicale planant sur la rue comme un nuage funèbre. Au croisement de Canal et Royal, nous avons changé de tramway et traversé tout le quartier français, une zone familière où vivaient un grand nombre des familles établies le plus anciennement dans le pays, certaines avec un lignage plus pur que n'en auraient pu se prévaloir tous les noms du Garden District sans exception. Enfin, nous avons recommencé à marcher ; nous avons marché des kilomètres. Les souliers raides que j'avais mis pour aller à l'église et portais encore me faisaient souffrir, et cette fois je ne savais plus où nous étions mais, en tout cas, je ne me sentais pas à l'aise. Il était inutile de questionner Skeeter Ferguson car, si je m'y risquais, il souriait et sifflait, ou bien crachait, souriait et sifflait.

I wonder if he whistled on his way to the electric chair.

I really had no idea where we were; it was a section of the city I'd not seen before. And yet there was nothing unusual about it, except that there were fewer white faces around than one was accustomed to, and the further we walked the scarcer they became: an occasional white resident surrounded by blacks and Creoles. Otherwise it was an ordinary collection of humble wooden structures, rooming houses with peeling paint, modest family homes, mostly poorly kept but with some exceptions. Mrs Ferguson's house, when at last we reached it, was one of the exceptions.

It was an old house but a *real* house, with seven or eight rooms; it didn't look as though the first strong breeze from the Gulf would blow it away. It was painted an ugly brown, but at least the paint was not sun-blistered and flaking. And it stood inside a well-tended yard that contained a big shade tree — a chinaberry tree with old rubber tyres, several of them, suspended on ropes from its branches: swings for children. And there were other playthings scattered around the yard: a tricycle, buckets, and little shovels for making mud-pies — evidence of Mrs Ferguson's fatherless brood.

Je me demande s'il sifflait encore en allant à la chaise électrique.

Je n'avais vraiment aucune idée de l'endroit où nous étions ; c'était une partie de la ville où je n'étais encore jamais venu. Et pourtant, il n'y avait rien d'anormal dans le décor sinon qu'on y voyait beaucoup moins de visages blancs que d'habitude et que plus nous avancions, plus ils se raréfiaient : un résident blanc de loin en loin, environné de Noirs et de Créoles. Autrement, c'était une succession banale d'humbles constructions de bois, de pensions aux peintures écaillées, de bicoques abritant des foyers modestes pour la plupart misérablement entretenus avec quelques exceptions. La maison de Mme Ferguson, lorsque nous y sommes parvenus, était l'une de ces exceptions.

C'était une vieille maison mais une *vraie* maison avec sept ou huit pièces ; elle ne donnait pas l'impression que la première brise un peu forte venue du Golfe la soufflerait. Elle était peinte d'un vilain marron mais, du moins, la peinture n'était-elle pas cloquée ou écaillée. Et elle se dressait au milieu d'une cour-jardin bien entretenue où poussait un grand arbre feuillu — un azedarac, avec des vieux pneus suspendus aux branches par des cordes : des balançoires pour les enfants. Et il y avait d'autres jouets éparpillés dans la cour : un tricycle, des seaux et des petites pelles pour faire des pâtés — témoins de la progéniture privée de père de Mme Ferguson.

A mongrel puppy held captive by a chain attached to a stake began bouncing about and yapping the second he glimpsed Skeeter.

Skeeter said: "Here we are. Just open the door and walk in."

"Alone?"

"She's expectin' you. Do what I tell you. Walk right in. And if you catch her in the middle of a hump, keep your eyes open: that's how I got to be a champion humper."

The last remark, meaningless to me, ended with a chuckle, but I followed his instructions, and as I started towards the front door, glanced back at him. It didn't seem possible, but he was already gone, and I never saw him again — or if I did, I don't remember it.

The door opened directly into Mrs Ferguson's parlour. At least it was furnished as a parlour (a couch, easy chairs, two wicker rocking chairs, maplewood side tables), though the floor was covered with a brown kitchen linoleum that perhaps was meant to match the colour of the house. When I came into the room Mrs Ferguson was tilting to and fro in one of the rocking chairs, while a good-looking young man, a Creole not many years older than Skeeter, rocked away in the other. A bottle of rum rested on a table between them, and they were both drinking from glasses filled with the stuff.

Un bébé chien corniaud captif au bout d'une chaîne fixée à un piquet se mit à sautiller et à japper dès l'instant où il vit Skeeter.

« On y est, dit Skeeter. Tu n'as qu'à ouvrir la porte et entrer.

— Tout seul ?

— Elle t'attend. Fais ce que je te dis. Entre carrément. Et si tu la trouves en train de se faire tringler, garde les yeux ouverts : c'est comme ça que je suis devenu champion de la tringle. »

Cette dernière remarque, dépourvue de sens pour moi, s'acheva en ricanement mais je suivis ces instructions et, comme je me dirigeais vers la porte, je me retournai un instant vers lui. Cela ne semblait pas possible, mais il était déjà parti et jamais je ne le revis — ou, sinon, je n'en ai pas souvenir.

La porte ouvrait directement sur le salon de Mme Ferguson. Du moins, la pièce était-elle meublée comme un salon (un canapé, des fauteuils, deux rocking-chairs d'osier, des petites tables en bois d'érable) encore que le sol fût recouvert d'un linoléum de cuisine marron, sans doute destiné à rappeler la couleur de la maison. Quand j'entrai dans la pièce, Mme Ferguson se balançait dans l'un des rocking-chairs tandis qu'un jeune homme, joli garçon, un Créole guère plus âgé que Skeeter se prélassait dans l'autre. Une bouteille de rhum était posée entre eux sur une table et ils buvaient tous les deux dans des verres remplis de tafia.

The young man, who was not introduced to me, was wearing only an undershirt and somewhat unbuttoned bell-bottom sailor's trousers. Without a word he stopped rocking, stood up, and swaggered down a hall, taking the rum bottle with him. Mrs Ferguson listened until she heard a door close.

Then all she said was: "Where is it?"

I was sweating. My heart was acting funny. I felt as though I had run a hundred miles and lived a thousand years in just the last few hours.

Mrs Ferguson stilled her chair, and repeated herself: "Where is it?"

"Here. In my pocket."

She held out a thick red hand, palm up, and I dropped the necklace into it. Rum had already done something to alter the usual dullness of her eyes; the dazzling yellow stone did more. She turned it this way and that, staring at it; I tried not to, I tried to think of other things, and found myself wondering if she had scars on her back, lash marks.

"Am I expected to guess?" she asked, never removing her gaze from the bijou dangling from its fragile gold chain. "Well? Am I supposed to tell you why you are here? What it is you want?"

Le jeune homme, qui ne me fut pas présenté, ne portait qu'un maillot de corps et un pantalon de marin à pattes d'éléphant plutôt déboutonné. Sans un mot, il cessa de se balancer, se leva et s'éloigna en roulant des épaules le long d'un couloir, emportant la bouteille avec lui. Mme Ferguson écouta jusqu'à ce qu'elle eût entendu une porte se fermer.

Puis elle demanda simplement : « Où est-il ? »

Je transpirais, mon cœur battait la chamade. J'avais l'impression d'avoir couru cent kilomètres et vécu mille ans au cours des seules dernières heures.

Mme Ferguson immobilisa son fauteuil et répéta : « Où est-il ?

— Ici. Dans ma poche. »

Elle tendit une main rouge et épaisse, la paume en l'air, et j'y laissai tomber le collier. Le rhum avait déjà contribué à modifier son regard habituellement inexpressif ; la brillante pierre jaune accentua la transformation. Elle la fit tourner de gauche, de droite, la contemplant fixement. Je m'efforçais de ne pas voir, de penser à autre chose, et me surpris à me demander si elle avait des marques sur le dos, des marques de coups de fouet.

« Est-ce que je dois deviner ? demanda-t-elle sans quitter un instant des yeux le bijou suspendu à sa fragile chaîne d'or. Alors ? Est-ce que je dois te dire pourquoi tu es ici ? C'est quoi, ce que tu veux ? »

She didn't know, she couldn't, and suddenly I didn't want her to. I said: "I like to tap-dance."

For an instant her attention was diverted from the sparkling new toy.

"I want to be a tap-dancer. I want to run away. I want to go to Hollywood and be in the movies." There was some truth in this; running away to Hollywood was high on my list of escape-fantasies. But that wasn't what I'd decided not to tell her, after all.

"Well," she drawled. "You sure are pretty enough to be in picture shows. Prettier than any boy ought to be."

So she *did* know. I heard myself shouting: "Yes! Yes! That's it!"

"That's what? And stop hollering. I'm not deaf."

"I don't want to be a boy. I want to be a girl."

It began as a peculiar noise, a strangled gurgling far back in her throat that bubbled into laughter. Her tiny lips stretched and widened; drunken laughter spilled out of her mouth like vomit, and it seemed to be spurting all over me — laughter that sounded like vomit smells.

"Please, please. Mrs Ferguson, you don't understand.

Elle ne savait pas, elle ne pouvait pas savoir et, soudain, je ne voulus plus qu'elle sache. Je répondis : « J'aimerais faire des claquettes. »

Un instant son attention se détourna de son nouveau jouet étincelant.

« Je veux être danseur de claquettes. Je veux me sauver. Je veux aller à Hollywood et faire du cinéma. » Il y avait une part de vérité dans cette déclaration. La fuite pour Hollywood occupait une des premières places sur la liste de mes fantasmes d'évasion, mais ce n'était pas ce que j'avais décidé de ne pas lui dire, après tout.

« Pour ça, fit-elle de sa voix traînante, t'es sûrement assez joli pour être dans un film. Plus joli même que devrait l'être un garçon. »

Donc, elle *savait*. Et je m'entendis crier : « Oui ! Oui ! C'est ça !

— C'est quoi ? Et cesse de brailler. Je ne suis pas sourde.

— Je ne veux pas être un garçon. Je veux être une fille. »

Cela commença par un bruit particulier, une sorte de gargouillis étranglé tout au fond de sa gorge qui s'épanouit en rire bouillonnant. Ses lèvres fines s'étirèrent, s'élargirent ; un rire aviné gicla de sa bouche comme une vomissure et j'eus l'impression d'en être éclaboussé du haut en bas — un rire qui paraissait chargé de relents de vomi.

« Je vous en prie, je vous en prie, madame Ferguson, vous ne comprenez pas.

I'm very worried. I'm worried all the time. There's something wrong. Please. You've got to understand."

She went on rocking with laughter and her rocking chair rocked with her.

Then I said: "You *are* stupid. Dumb and stupid." And I tried to grab the necklace away from her.

The laughter stopped as though she had been struck by lightning; a storm overtook her face, total fury. Yet when she spoke her voice was soft and hissing and serpentine: "You don't know what you want, boy. I'll show you what you want. Look at me, boy, look here. I'll show you what you want."

"Please. I don't want anything."

"Open your eyes, boy."

Somewhere in the house a baby was crying.

"Look at me, boy. Look here."

What she wanted me to look at was the yellow stone. She was holding it above her head, and slightly swinging it. It seemed to have gathered up all the light in the room, accumulated a devastating brilliance that plunged everything else into blackness. Swing, spin, dazzle, dazzle.

"I hear a baby crying."

"That's you you hear."

"Stupid woman. Stupid. Stupid."

"Look here, boy."

Spindazzlespinspindazzledazzledazzle.

Ça me tracasse beaucoup. Ça me tracasse tout le temps. Il y a quelque chose qui ne va pas. Je vous en prie. Il faut que vous compreniez. »

Elle était toujours secouée de rire et son fauteuil se balançait avec elle.

Alors, je lui dis : « Vous êtes stupide. Idiote et stupide. » Et j'essayai de lui reprendre le collier.

Son rire s'arrêta comme si elle avait été frappée par la foudre ; un orage envahit tout son visage, une fureur totale. Pourtant, lorsqu'elle reprit la parole, sa voix était douce, sifflante et reptilienne : « Tu ne sais pas ce que tu veux, gamin. Je vais te montrer ce que tu veux. Regarde-moi, gamin. Regarde ici. Je vais te montrer ce que tu veux.

— Je vous en prie. Je ne veux rien.

— Ouvre tes yeux, gamin. »

Quelque part dans la maison, un bébé pleurait.

« Regarde-moi, gamin. Regarde ici. »

Ce qu'elle voulait que je regarde, c'était la pierre jaune. Elle la tenait au-dessus de sa tête et la faisait osciller légèrement. Elle semblait avoir capté toute la lumière de la pièce, accumulé un éclat dévastateur qui plongeait tout le reste dans l'obscurité. Oscille, tourne, brille, brille.

« J'entends un bébé qui pleure.

— C'est toi que tu entends.

— Femme stupide. Stupide. Stupide.

— Regarde-la, gamin. »

Tournebrilletournetournebrillebrillebrille.

It was still daylight, and it was still Sunday, and here I was back in the Garden District, standing in front of my house. I don't know how I got there. Someone must have brought me, but I don't know who; my last memory was the noise of Mrs Ferguson's laughter returning.

Of course, a huge commotion was made over the missing necklace. The police were not called, but the whole household was upside down for days; not an inch was left unsearched. My grandmother was very upset. But even if the necklace had been of high value, a jewel that could have been sold and assured her of comfort the rest of her life, I still would not have accused Mrs Ferguson. For if I did, she might reveal what I'd told her, the thing I never told anyone again, not ever. Finally it was decided that a thief had stolen into the house and taken the necklace while my grandmother slept. Well, that was the truth. Everyone was relieved when my grandmother concluded her visit and returned to Florida. It was hoped that the whole sad affair of the missing jewel would soon be forgotten.

But it was not forgotten. Forty-four years evaporated, and it was not forgotten. I became a middle-aged man, riddled with quirks and quaint notions. My grandmother died,

Il faisait encore jour et c'était toujours dimanche, et je me retrouvai dans Garden District planté devant ma maison. Quelqu'un avait dû me ramener mais je ne sais pas qui, mon dernier souvenir était l'écho du rire de Mme Ferguson résonnant encore une fois.

Bien entendu, la disparition du collier provoqua un grand remue-ménage. On n'appela pas la police mais toute la maisonnée fut sens dessus dessous pendant des jours ; pas un centimètre carré n'échappa aux recherches. Ma grand-mère était aux cent coups. Mais, même si le collier avait été de très grande valeur, un bijou qui aurait pu être vendu et l'aurait mise à l'abri du besoin pour le reste de ses jours, je n'aurais pas accusé Mme Ferguson. Car si je l'avais fait, elle aurait pu révéler ce que je lui avais dit, cette confidence que je ne devais, au grand jamais, plus faire à personne. Finalement, il fut admis qu'un voleur s'était introduit dans la maison et avait pris le collier pendant que ma grand-mère dormait. Après tout, c'était la vérité. Tout le monde vit avec soulagement ma grand-mère achever son séjour et repartir pour la Floride. Et chacun espéra que cette triste affaire du bijou disparu serait bientôt oubliée.

Mais elle ne fut pas oubliée. Quarante-quatre ans s'évaporèrent et elle n'était pas oubliée. Je devins un homme entre deux âges pétri d'ambiguïtés et de notions bizarres. Ma grand-mère mourut,

still sane and sound of mind despite her great age.

A cousin called to inform me of her death, and to ask when I would be arriving for the funeral; I said I'd let her know. I was ill with grief, inconsolable; and it was absurd, out of all proportion. My grandmother was not someone I had loved. Yet how I grieved! But I did not travel to the funeral, nor even send flowers. I stayed home and drank a quart of vodka. I was very drunk, but I can remember answering the telephone and hearing my father identifying himself. His old man's voice trembled with more than the weight of years; he vented the pent-up wrath of a lifetime, and when I remained silent, he said: "You sonofabitch. She died with your picture in her hand." I said "I'm sorry," and hung up. What was there to say? How could I explain that all through the years any mention of my grandmother, any letter from her or thought of her, evoked Mrs Ferguson? Her laughter, her fury, the swinging, spinning yellow stone: spindazzle-dazzle.

toujours saine de corps et d'esprit en dépit de son grand âge.

Une cousine me téléphona pour m'annoncer sa mort et me demander quand j'arriverais pour l'enterrement ; je lui répondis que je la préviendrais. J'étais malade de tristesse, inconsolable, et c'était une réaction absurde, hors de proportion. Ma grand-mère n'était pas de ceux que j'avais aimés. Et pourtant, quel chagrin j'éprouvais ! Mais je ne me rendis pas à l'enterrement et n'envoyai pas de fleurs. Je restai chez moi et bus une demi-bouteille de vodka. J'étais très ivre mais je me souviens d'avoir décroché le téléphone et entendu mon père s'annoncer. Ce n'était pas le seul poids des ans qui faisait trembler sa voix ; il donnait libre cours à la colère refoulée de toute une existence et, comme je restais silencieux, il déclara : « Espèce de salaud. Elle est morte avec ta photo à la main. — Je suis désolé », répondis-je, et je raccrochai. Que pouvais-je dire ? Comment pouvais-je expliquer que, tout au long des années, toute allusion à ma grand-mère, toute lettre ou toute réflexion à son sujet avait évoqué pour moi Mme Ferguson ? Son rire, sa fureur, la pierre jaune oscillante, tournoyante : tournebrillebrille !

Préface de Juliette Cerf 7

Music for Chameleons/Musique pour caméléons 21
Mr Jones/M. Jones 51
A Lamp in a Window/Une lampe à la fenêtre 61
Mojave/Mojave 77
Hospitality/Hospitalité 145
Dazzle/Éblouissement 167

Composition CMB Graphic
Impression Bussière à Saint-Amand (Cher),
le 4 septembre 2007.
Dépôt légal : septembre 2007.
Numéro d'imprimeur : 072836/1.
ISBN 978-2-07-034222-8./Imprimé en France.

146879